320 One note from
One Bird
Is better than
a million word
A scabbard
needs
has - holds
but - one
sword

# The Gorgeous Nothings Emily Dickinson Marta Werner Jen Bervin

# 绚烂的空无｜艾米莉·狄金森的信封诗

［美］艾米莉·狄金森 著
［美］玛尔塔·沃纳 ［美］珍·伯文 编
王柏华 译

GUANGXI NORMAL UNIVERSITY PRESS
广西师范大学出版社
·桂林·

XUANLAN DE KONGWU: EMILY DICKINSON DE XINFENG SHI
绚烂的空无：艾米莉·狄金森的信封诗



图书在版编目（CIP）数据

绚烂的空无：艾米莉·狄金森的信封诗：汉文、英文 /（美）艾米莉·狄金森著；（美）玛尔塔·沃纳，（美）珍·伯文编；王柏华译. --桂林：广西师范大学出版社，2023.10

书名原文：The Gorgeous Nothings
ISBN 978-7-5598-6035-4

Ⅰ. ①绚… Ⅱ. ①艾… ②玛… ③珍… ④王… Ⅲ. ①诗集－美国－近代－汉、英 Ⅳ. ①I712.24

中国国家版本馆 CIP 数据核字（2023）第 155013 号

广西师范大学出版社出版发行
（广西桂林市五里店路 9 号　邮政编码：541004
网址：http://www.bbtpress.com）
出版人：黄轩庄
全国新华书店经销
中华商务联合印刷(广东)有限公司印刷
（深圳市龙岗区平湖镇春湖工业区 10 栋　邮政编码：518111）
开本：635 mm × 965 mm　1/8
印张：32.5　　插页：2　　字数：175 千
2023 年 10 月第 1 版　　2023 年 10 月第 1 次印刷
定价：238.00 元

# 目 录

# 中译本序：来自狄金森信封诗的礼物

玛尔塔·沃纳

为合作一个狄金森项目，我和珍·伯文相约面谈，当时我们并不相识，但我们了解彼此的工作。我知道她创作了《狄金森复合材料》，一组大型的、多重叠加的丝绵刺绣作品，其底本为狄金森手稿册“诗笺”（fascicles）中的标点符号和异文标记。[1] 她知道我创建了《极端零散》[2]，一个狄金森手稿片断和冥思录的数字化档案。我们来自不同的世界，她来自艺术世界，我来自文献学世界，我们在狄金森诗歌的边界地带相遇。合作从来都不是那么容易的，我们都明白这一点；但我们都被一个难题吸引了：如何以最好的方式重现狄金森后期作品——也就是那些越出书籍边界的、劫后余生的作品——的基本样态，随后我们就投入了工作，尝试为那些作品寻找一种形式，在照亮它们的同时亦让它们各自散射。

任何传统的“版本”或“编目”都无法涵纳它们；因为信封诗要求自由，而且，它们那无题的、未经授权的和本质上不可收编的地位，几乎让它们具有一种非艺术的特质和旺盛的生命力。关于它们的命运何去何从，狄金森本人并没有留下任何指示，因此我们的目标是设想一种方法，让它们可以重返机运之中。在这次大胆的探险中，我二十多年前在阿默斯特学院图书馆第一次看到的一小块片断，即 A 821 手稿，发挥了“北极星”的作用，它引导我们向外继续探索，探索那些更大的星群，狄金森在信封上的书写，最后汇聚成 50 多首诗作，谱写出一首春之歌“充塞其间｜唯有｜音乐，如｜鸟儿的｜车轮”。

1　珍·伯文的装置艺术作品《狄金森复合材料》（*The Dickinson Composites* [New York: Granary Books, 2010]）与狄金森手工缝制的诗歌手稿册的具体关联，详见她的网站：https://www.jenbervin.com/projects/the-dickinson-composites-series。——译者注

2　指沃纳创建的狄金森后期手稿数据档案《极端零散：艾米莉·狄金森后期手稿片断和相关文本电子档案（1870—1886）》（下文也称 *RS* 1999–2010；本书常用引文文献的版本信息及简称，详见第 228 页），网址如下：http://radicalscatters.unl.edu/introductions.html。——译者注

信封诗的歌声以我们未曾预料的方式回荡在世界上，尽管我们也许应当有所预料；在狄金森的全部诗作中，也许正是这些“永远在途中”（en route）的诗作，最迫切地向我们奔来，对我们言说。在拦截它们的过程中，即使只有片刻，我们也会想起蕴含在我们所有信息中的偶然性、短暂性、脆弱性和希望，无论是发送的还是未发送的，收到的还是似乎永远丢失的。

王柏华教授呈现的这个精致的中文译本，再次证明了信封诗的神秘的时间性，它不仅可以跨越若干世纪，而且可以跨越大洲和符号系统。这些作品在中国面世是多么恰到好处啊，有历史学家认为，最初的信封是在东方发明的，用黏土抟成球形，以保护皇室通信的隐私；即使在今日的中国，收到红包也意味着收到好运和美好的祝愿。这个中译本是一份稀有且珍贵的礼物，献给学术，献给狄金森，献给她不知不觉中汇聚在一起的无远弗届的广大读者。

2023 年，芝加哥

# 序言

苏珊·豪

华莱士·史蒂文斯（Wallace Stevens）说过一句名言："诗歌是学者的艺术。"在这部《绚烂的空无》（*The Gorgeous Nothings*）里，一位文献学家和一位视觉艺术家联手，以书籍形式创造出一个展览：狄金森信封诗影印本，辅之以文本转写。

我从小阅读托马斯·约翰逊（Thomas H. Johnson）编订的1955年版《狄金森诗集》[1]，因此，对于这位诗人中的诗人，我最初的了解和喜爱都源自这个版本。我当时相信我所读的就是狄金森当初写出来的样子，我发现那些破折号和首字母大写的单词既是激进的又是有条不紊的。它们显得如此整齐划一，直到1981年拉尔夫·富兰克林（Ralph Franklin）编订的手稿册[2]出版，原来，诗稿中的那些断行如此不同，越来越多样化，甚至蔓延到纸页的全部空间。许多诗歌都包含异文，罗列的异文亦成为文本的一部分。诗歌以分组的方式排列。这里存在一种可能：分组排列的意图或许是为了构成系列作品。但富兰克林没有为手稿提供文本转写。或许正是由于这个原因，长期以来狄金森学者们竟没有留意到他的工作所揭示出的意义。富兰克林后来编订的异文汇编本[3]呈现了编年上的以及其他若干变化，却一如既往地忽视了手稿的视觉和听觉特征，这些特征在后期的零散手稿中尤其明显。在近二十年的岁月里，几乎所有诗人和学者，即使见到了原作，竟也没有胆量向我们表明，我们自以为看到了原貌，但所见其实并非真相。所幸，阿默斯特学院图书馆最近将馆藏的狄金森手稿以数字化图片的方式公之于网络，向读者免费开放。可我一直梦想着能在一本

1　下文也称 *Poems* 1955。——译者注

2　指《狄金森手稿册》（*The Manuscript Books of Emily Dickinson* [Cambridge, MA: Belknap Press of Harvard University Press, 1981]）。——译者注

3　指《狄金森诗集：异文汇编本》（*The Poems of Emily Dickinson: Variorum Edition* [3 vols. Cambridge, MA and London: Belknap Press of Harvard UP, 1998]）。后文中本书编者提及的富兰克林编《狄金森诗集》（也称 *Poems* 1998）亦即此书。——译者注

书里见到附有文本转写的后期手稿，这样读者就能观看、触摸、逐页翻阅它们。我还希望会有一天，它们能在美术馆里展出，因为那一个个物件常常是诗歌和视觉艺术的合体。本书的出版令我兴奋。玛尔塔·沃纳二十年来致力于研究狄金森后期手稿，包括零散的片断和草稿，珍·伯文是一位视觉艺术家，她们合力打造了一部了不起的作品。

对普鲁斯特来说，一个片断是一小点时间的纯然状态；它盘旋在现在与过去之间，当下的现在和曾是现在的过去。纸上的一个印记在写下的时刻能让自己惊喜吗？狄金森的后期作品经常表明，它能拥抱偶然性，同时捕捉从前的一个瞬间。它们是耳朵、触摸和视线的汇聚点。或许在她的意念中，一个句子或诗行在基本组成部分的关系之中既受制于法则，但又是开放的、无拘无束的和偶然的。把这些"信封"看作视觉上的物件，与此同时，阅读上面那些语词的声音和意义，你需要抓住运气和意外机遇——在滑动的纸片上滑动[1]。

形式是否像信函那样涵纳一切？一个想法能听到自己之所见吗？那些写作是暗示性的，不是静态的。你如何在一个印刷的文本中抓住其动态的力量？是否有某种正确的方式来清理这相互纠缠的原始的纸片森林？是否有一首不可写、不可知的诗作，超出了写作技巧所能驾驭的一切？我们不得而知。或许这是她的胜利。她把这个秘密带到了坟墓，她不会放弃这个幽魂。

就好比靠心灵感应的电流来抵达，好比联络而不靠联络媒介。1882 年 5 月 14 日，听说奥蒂斯·洛德法官（Judge Otis P. Lord）突然病倒了，她给对方写信说："我要写一封电报吗？我问电线，你怎么样了，并附上我的名字。"

对于纸质的信封而言，她已撕开了封条，对风险和逆转不以为意。经过了漫长的岁月之后，狄金森的这一面才得以敞开，为我们所见。当她只有十六岁的时候，她给朋友阿比娅·鲁特（Abiah Root）写信说："让我们一起努力吧，跟时间分手，尤为不情不愿，看时光扇动着它的小翅膀，飞驰而去，渐行渐远 & 新来的时光，请我们关注。"这本《绚烂的空无》带来了一个新的狄金森，请我们关注。它本身就是一件艺术品。

1　slips on paper slips，似为序言作者的文字游戏，既是"纸片上的纸片"，也是"在滑动的纸片上滑动"。——译者注

# 导言：研究尺寸大小

珍·伯文

“绚烂的空无”取自艾米莉·狄金森的一份手稿（A 821）。我当时选择这个短语作为项目的标题，是因为想起狄金森本人在一封书信里对“空无”的定义，“以家常｜礼物和｜受阻的词语向人的｜心灵告知空无－‘空无’是｜刷新世界的｜力量－”[1]，还有她给“不”（no）下的一个定义，“我们｜托付给语言的｜最狂野的字眼”[2]。这些“绚烂的空无”就属于那一类。

这些手稿有时仍被狄金森学界称作“残稿”（scraps）。或许不如把它们视为某种“小构件”[3]，狄金森曾在一张大信封背面的一个角落上写道（见 A 636 / 636a）：“原谅｜艾米莉和｜她的原子｜北极｜星是个｜小｜构件但它｜意味着｜很多｜主导｜然而”[4]。相对于构成性的宇宙空间而言，写作是小的（small），飘浮于苍穹。这首诗如此完美地显示了狄金森与尺寸大小的关系。我们所谓“小”，一般指体量小，但狄金森所谓“小”，是指构件、原子、北极星。

“原子”（atom）概念作为“想象物中最小的实体”的观念起源于古希腊哲学。在 19 世纪伊始，现代原子论以化学术语彻底更新了传统的原子观念。[5] 艾米莉·狄

1　托马斯·约翰逊和西奥多拉·沃德（Theodora Ward）编《狄金森书信集》（下文也称 *Letters* 1958。——译者注），L 1563。

2　见阿默斯特学院馆藏手稿 A 739：“难道你不知道｜当我有所保留时｜你是最幸福的吗－｜难道你｜不知道｜‘不’是我们托付｜给语言的｜最狂野的字眼吗？｜你知道的，因为你｜什么都知道”。（Amherst College Digital Collections, Emily Dickinson Collection, https://acdc.amherst.edu.）

3　“构件”译自“fabric”，本义为编织物、布料等，后引申为结构、构件。——译者注

4　霍顿图书馆手稿 H B 103，一封铅笔书信，横向三折，艾米莉·狄金森致苏珊·吉尔伯特·狄金森（Susan Gilbert Dickinson），写于 19 世纪 80 年代初。其上另有一个大同小异的文本：“原谅艾米莉｜和她的原子－｜‘北极｜星’是个｜小构件，｜但它｜指示｜很多－”。见 *Letters* 1958，L 774。

5　狄金森在霍山女子学院读书期间应当熟悉当时的科学进展，她是报纸杂志和各类文学书籍的如饥似渴的读者。详见卡普斯（Jack L. Capps）的《狄金森的阅读（1836—1886）》（*Emily Dickinson's Reading, 1836–1886* [Cambridge, MA: Harvard University Press, 1966]）。狄金森读过其作品的一些作家也用过“原子”一词，其中最突出的是乔治·艾略特（George Eliot）和爱默生（Ralph Waldo Emerson）。狄金森在 11 首诗歌中使用过这个词语：P 376、P 410、P 515、P 600、P 664、P 889、P 954、P 1178、P 1191、P 1231、P 1239（A 339，“冒险是｜悬着酒桶的头发”），见 *Poems* 1955。

金森于1830年出生在马萨诸塞州阿默斯特镇，她三十五岁那年，美国内战结束，此时，约翰·约瑟夫·洛施密特（Johann Josef Loschmidt）首次测量出一个空气分子的大小。《牛津英语词典》为“原子”提供了多种义项，包括哲学的、科学的和通俗的，比如：尘埃；中世纪最小的时间量度；“眼睛的眨动”；以及，最巧妙的然而已过时的义项——“在家”。[1]

这位神秘莫测的诗人在书信中署名“金宝”或“你的无赖”或“你的学者”，[2]她形体小，但除此之外，各方面都可谓巨大。1862年，当时狄金森差不多年均创作300首诗歌，她在一封信里对她未来的编者托马斯·温特沃思·希金森写道：“我的小能量爆炸 – ”[3]。狄金森，美国最伟大的诗人之一，在五十五岁离世之前，创作了近1800首诗歌，留下2357份诗歌手稿，以及至少1150封书信和散文片断，总计3507篇。[4]在一个信封的三角形信舌的页面上（A 252），我们发现了一个飞逝而去的信息，诗行一路向底端下滑，字数递减，直到最后一行只剩下一个词：“在这短暂的一生 | 仅［不过］持续个把时辰 | 有多少 – 少之 | 又少 – 是由 | 我们自己 | 掌控”。

或许我们可以把狄金森的书写材料都恰当地称为书信材料。她的全部作品——无论诗歌、书信还是草稿，无论是在诗稿册中、对开本上，还是在单独的纸片、信封、残片上——大多写在简朴的机器生产的信笺纸上。[5]莉迪亚·玛丽亚·蔡尔德（Lydia Maria Child）在《勤俭的家庭主妇》（*The Frugal Housewife*）中写道：“保存旧信，以便在背面书写”。诗人的父亲在她出生时把此书送给了她的母亲。此书开头写道：“持家是一门艺术，其要义不过是收集所有碎片，切勿流失分毫。所谓碎片，

1　《牛津英语词典》第2版（Oxford: Oxford University Press, 1989）。

2　“金宝”（Jumbo）是一只大型非洲象（1860—1885）的名字，这只大象从幼年起就被运送到欧洲的动物园，壮年时身高近4米，1882年由美国一马戏团收购，当时广受喜爱，曾到访过狄金森的家乡阿默斯特，不幸在一次转运中被火车撞死。“Jumbo”这个词语后来成为“大型”“超大”的代名词进入日常英语。“无赖”之名来自一个家宅故事：老朋友塞缪尔·鲍尔斯（Samuel Bowles）来狄金森家拜访，诗人拒绝下楼跟他见面，他从楼下对她大喊“你这个该死的无赖……”，此后，诗人在给鲍尔斯先生写信时遂以“你的无赖”（Your Rascal）作为落款。“你的学者”（Your scholar）是诗人给文坛领袖希金森（Thomas Wentworth Higginson）先生写信时使用的各种落款之一。——译者注

3　见*Letters* 1958，L 271。

4　这个数字基于*Poems* 1998中提供的诗歌草稿的总量。书信和散文片断的总数来自*Letters* 1958。实际书信的数量很可能更多，但19世纪焚烧书信的习俗使现存书信数量减少。

5　见富兰克林《编辑狄金森：一种重审》（*The Editing of Emily Dickinson: A Reconsideration* [Madison, WI: University of Wisconsin Press, 1967]）以及《狄金森手稿册》。

我是指零散的时间以及材料。”[1] 狄金森在信封上的书写传达了一种新英格兰的节俭，以及她与更大的家庭的纸张经济之间的关系，但同时也揭示了那个家庭内部的私人空间，“我们应当尊重｜他人的｜封条－”，这个句子就刻写在 A 842 粘胶封条的旁边，它发出回声。

打开一封信是一种仪式，狄金森对此相当小心，她的诗歌和书信证实了这一点。那些信封被仔细地拆开，其仔细程度超出了仅仅为取出信笺之所需；它们被撕开或剪开时，总是保持全然的平整状态，被划分为新的形状。为了更好地理解狄金森如何费力地打造那些纸页的形状，不妨找出一个家用信封，看看你能再造出多少种形状。你会顿时发现，这项任务看似简单，实则并不简单。这里没有一个信封被再次展开时仍维持其原初剪裁的形状。仔细看：看起来像是整个信封，其实不过是信封的一面，被裁割开来。切口落在什么地方？当空间被展开时，想把它们弄成什么形状？为什么有些切口就像外科手术一样整齐？在阿默斯特学院图书馆，玛格丽特·戴金（Margaret Dakin）考察了狄金森的书桌（据信是狄金森生前用过的那张书桌），发现其木质油漆的表面确实有无数的刻痕，像谜语一般。虽然被写下的作品表明当时的思考和落笔可能相当迅速，但狄金森很可能并非像我们经常以为的那样，在灵感突发之时盲目地抓取一个纸片来写，而更可能是提前收集并裁好了书写的页面，为来去迅疾的思维做好准备。

当狄金森进入她的书写空间，她一边检查她手中的材料，一边调整页面的角度，为契合轻快原则，在纸面上画线，同时利用信封上固有的分区，比如纸张上交叠的平面，顺着不同方向的页面来创作。有时，狄金森在信封上落笔，如水入容器，随物宛转，或如漏斗，向三角形的尖角滑落。她经常添加分栏，以进一步划分空间，最有代表性的是两栏，显示出一种打破诗行，让诗行越来越短的倾向。你可能觉得这样的空间安排一定会显得有些雕琢、拥挤，但并非如此。页面反而显得更大了，就好像另外嵌入了一个空间一般。[2]

---

1　杰伊·莱达（Jay Leyda）编《狄金森的岁月和时辰》（*The Years and Hours of Emily Dickinson* [New Haven, CT: Yale University Press, 1960]）卷 1, 16；莉迪亚·玛丽亚·蔡尔德：《勤俭的家庭主妇》（Boston, MA: Carter & Hendee, 1830）第 2 版。

2　狄金森后期手稿的总体趋势是，字母和单词之间的空隙越来越大，有更多的短句和大量的跨行句，这些都扩大了空间，而标点符号则变小了，但用得更频繁了。详见珍·伯文《狄金森复合材料》。

“应当把这些手稿当作一种视觉产品加以理解。”苏珊·豪（Susan Howe）在《胎记》中写道。[1]

汇编《绚烂的空无》时我们即遵循这一原则；被特别精选的作品都突显了狄金森在页面上进行的视觉形式实验和异文实验。我们在呈现手稿影印件时正是发挥或运用了这样的理解；每一份手稿都按实际的尺寸进行影印，呈现正反两面，并附上了文本转写。本册狄金森手稿集汇编了所有写在信封和邮件包装纸上的、玛尔塔·沃纳能够确定年代的作品。信封诗既非系列作品，亦非彼此独立分散之作。每个带有手稿的信封都有自己复杂的一系列附件组合，读者可以在书后附录的目录中加以检索。这些信封的年份从 1864 年跨越至 1886 年，它们是从同期的 1414 件诗歌草稿和 887 件书信草稿中挑选出来的。[2]

我们常常通过作家生前已发表的或提交给出版方的作品来推测其意图，但狄金森没有提供这一类明确的线索。她拒绝发表她的诗作。在给希金森的一封书信里，她这样解释道：“我微笑了当您建议我推迟‘发表’－这与我的心思无涉，如苍穹与鱼鳍无涉。如果名声属于我，我无法躲避她－若非如此，白日再长，将弃我而去，追逐不及－那时－我的狗的赞许，也会将我遗弃－还不如我的‘赤足等级’－”[3]。不过，她对自己写诗这件事也并未保密；她在书信里给多位亲友寄赠诗作，达 300 多首，她的书信常常与诗歌别无二致。

在《黑骑手：现代主义的可视语言》中，杰尔姆·麦根（Jerome McGann）写道：“读狄金森的手稿，我们不能想当然，就好像它们是准备交付印刷的底本，或者就好像它们在创作时就曾对超出手工文本状态的可能性有所留意。”他继续写道：“狄金森的诗歌不是为印刷媒介而写的，尽管它是在印刷时代写的。所以，当我们准备把她的作品编辑为书籍时，我们必须调整我们的编辑习惯以适应她的创作，而不是相反。”[4] 即使对于最可靠的学术版，编者的倾向也总是把狄金森的诗作朝着印刷而不是手稿的

---

1　苏珊·豪：《心灵的这些火焰和慷慨：艾米莉·狄金森和节制价值观的非逻辑性》（“These Flames and Generosities of the Heart: Emily Dickinson and the Illogic of Sumptuary Values”），《胎记：扰动美国历史中的荒野性》（*The Birth-mark: Unsettling the Wilderness in American History* [Middletown, CT: Wesleyan University Press, 1993]），第 141 页。

2　*Letters* 1958，*Poems* 1998。

3　*Letters* 1958，L 265。

4　杰尔姆·麦根：《黑骑手：现代主义的可视语言》（*Black Riders: The Visible Language of Modernism* [Princeton, NJ: Princeton University Press, 1993]），第 38 页。

方向改造，一致地推翻她的分行，删削（在阅读版中，则完全略去）她在异文和标点符号上的结构安排。在没有手稿的情况下，读者无从得知这些编辑上的省略和决策如何影响了意义。

狄金森的手稿本身，还有它的形式以及形式上所承载的种种实验，最真实可信地表达了她的意图。迄今为止，在由诗歌、书信、草稿和片断组成的 3507 件狄金森手稿中，大约有三分之一以影印本形式发表。[1] 狄金森手稿的首次大规模展示出现于 1981 年出版的两卷本《狄金森手稿册》，此集以影印的方式收入了 40 册狄金森用针线手工缝制成册的"诗笺"以及未缝制成册的分组诗稿中的诗作，共计 1147 首。1996 年，玛尔塔·沃纳编辑出版了一组后期手稿（40 篇）《艾米莉·狄金森的开放的对折本：阅读之景，写作之面》[2]，具有全然不同的心灵景观；2007 年，她又创建了一个更为全面的数据档案库《极端零散：艾米莉·狄金森后期手稿片断和相关文本电子档案（1870—1886）》，收入 132 份手稿。沃纳以其训练有素的开创性的转写工作，首次把狄金森的手稿准确地呈现为印刷书籍的形式。

以印刷本再现一首狄金森的诗作，"调整我们的编辑习惯以适应她的创作"，是一件要求相当苛刻的工作。狄金森手稿对文本空间的操控是充满弹性的：字体铺张狂放，大写字母模糊难辨，具有表意倾向的标点符号，异文规模的变化，极短的诗行，单词在页面空间上的豪放布局。这一切都给转写工作带来困难，即使编者在视觉意识上做好了充分准备。这些新的转写意在提供清晰的、可辨识的文本，作为开启手稿的一把钥匙，而不是手稿的替代品。如果我们对狄金森手迹的释读有误，手稿就摆在那里，它们自可提供确证或歧义。[3]

1 见富兰克林编《狄金森的主人书信》（*The Master Letters of Emily Dickinson* [Amherst, MA: Amherst College Press, 1986]）；又见波莉·朗斯沃思（Polly Longsworth）编《艾米莉·狄金森：一封信》（*Emily Dickinson: A Letter* [Amherst, MA: Oliphant Press, Friends of the Amherst College Library, 1992]）。

2 下文也称 *OF* 1995。——译者注

3 排印版的转写形式（转写版）为读者阅读手稿影印件提供了一张参考"地图"：采用世纪哥特体（Century Gothic），那种浑圆的、固定宽度的无衬线字体，来翻译（而不是模拟）她的手迹。狄金森的大小写字母、标点符号和下划线等都是带有表达性的，而且允许多种解读。既然充满多义性，以排印方式做出这些阐释，仅仅反映出我们对她的书写实践的学术性介入，而绝非要求读者接受阐释的确定性。转写版的尺寸是实际信封尺寸的 50%，这反映了我们的信念：狄金森的手稿是阅读其创作的首要空间，而且也是一切问题的最高权威。虽然无法再现狄金森手写档案的空间动态学的全貌，但我们已动用了多种手段（使用专业排版软件 InDesign），通过信封素描画尽可能呈现其内部的版面布置、字距、行距、分隔以及字号调整等要素。总之，我们希望让这些转写尽可能清晰可辨，并尽可能反身朝向狄金森手稿的"鲜活的拼写"（bright Orthography，出自狄金森诗"英语有许多词语 –"［Many a phrase has the English language –］。——译者注）。

狄金森的早期手稿基本上以墨水笔书写，在 1864 年至 1865 年期间则大多以铅笔书写；在随后的十多年里，铅笔和水笔并用，直到 1878 年起，“基本上完全丢开了水笔”。[1] 所有的信封诗都是用铅笔写的。与钢笔不同，一支铅笔，特别是小小的铅笔头，可以轻而易举地放入衣服的口袋里，随时备用。在给哥哥奥斯汀的一封早年书信里，她这样写道：“这是真正的即席之作，奥斯汀 – 我口袋里没有便笺。”[2] 这说明平时那里存放着匆匆记下的便笺。狄金森现存一条裙子的外侧有一个很大的口袋，位于右侧，她的手可以随时伸进去。口袋的经济学值得关注。信封也是一个口袋。一个信封被小心翼翼地、私密地再一次折起来，即使已经被彻底撕开了封口。在给鲍尔斯的一封书信里，狄金森寄上了这支微小的铅笔，长度为两英寸（见下图），以挖苦的方式，刺激对方写信：“如果它没有铅笔 | 可以试试我的吗 – ”[3] 铅笔被装在一封信里，信纸沿着水平方向折了三折，两边用别针封紧。

1 见约翰逊所撰《书写笔迹特征》，见 *Poems* 1955；又见沃德《书写手迹研究》，《艾米莉 · 狄金森致乔赛亚 · 吉尔伯特 · 霍兰博士先生和夫人书信》（*Emily Dickinson's Letters to Dr. and Mrs. Josiah Gilbert Holland* [Cambridge, MA: Belknap Press of Harvard University Press, 1951]）。

2 *Letters* 1958，L 165。

3 *Poems* 1955，P 921；*Poems* 1998，P 184。这两枚用于封口的别针，见本书“视觉索引”的章名页。这份手稿可以通过阿默斯特学院狄金森手稿数据库浏览，网址为：https://acdc.amherst.edu/view/asc:5717。

# 中译本体例说明

与信封诗手稿（以下简称“手稿”）对应的英文转写图（以下简称“转写图”）由英文版编者提供，中英对照的诗歌文本转写（以下简称“转写文本”）由中文译者提供。这里主要针对转写文本的体例（部分涉及本书辅文中的诗歌文本）做如下说明：

1. 文本注释：本书中文译者为手稿中出现的一些较为特殊的、难以翻译的细节提供了进一步说明，附于转写文本的下端。

2. 分行：(1) 考虑到中英文语序和语法上的不对等，同时为了方便中文读者阅读和理解，转写文本并未依照手稿原貌以及转写图加以分行，而是根据诗歌的节奏和韵律对诗行加以合并和调整，主要参考了拉尔夫·富兰克林编订的阅读版（*The Poems of Emily Dickinson: Reading Edition* [Cambridge, MA and London: Belknap Press of Harvard UP, 1999]），仅有少数例外（详见文本注释）；不见于富兰克林阅读版的少量手稿片断，通常没有明显的诗歌节奏，对这些片断，译者大致依照手稿原貌分行。(2) 因手稿中的分行并非一般意义上的诗歌分行，而是受制于页面不得不转行，本书英文版在辅文中以“|”标记手稿中诗歌的分行，中译本予以保留。

3. 标题：狄金森的诗歌皆无标题，指称时通常以首行代替标题，并加引号，本书亦沿用此例。对部分诗歌的首行，英文版编者的判定和中文译者有时略有出入。考虑到这反映了英文版编者对狄金森诗歌的理解，且这部分差异不影响读者将指称与诗作对应，故予以保留。

4. 异文（或称“替换词”）：手稿中留下了多种形式的异文，位置不一。对于手稿诗行中间的异文，转写文本将其放入诗行中，但采用分隔号和较小的字号与正文区分（在本书辅文中，用中括号标记）；对于手稿诗行末尾的异文（通常以正文相关位置的小加号或结尾处的长横线标记），转写文本也将其放在诗行末尾，同时保留小加号或长横线，且采用较小的字号；对于手稿页面中缝或边缘处的异文（有时与正文的方向不统一），则统一放入文本注释，以免造成视觉上的混乱。

5. 字母大小写和标点：转写文本里英文部分的字母大小写和标点，由译者根据手稿，参考转写图、富兰克林阅读版综合判断。根据诗歌节奏和韵律分行的诗句，一般每行首字母大写。

6. 短横线：手稿中的短横线为狄金森所用的特殊符号，并非破折号，转写文本中采用中文的短横线。

7. 长横线：手稿中的长横线具有标记异文或分段功能。除标记异文之处外，转写文本并未保留这些长横线。

8. 勾画：手稿中留下了勾画的痕迹，有时以横线，有时以斜线，说明这些词语或句子被诗人勾掉了。转写文本未保留这些词句，但在文本注释中有说明。

9. 文字方向：手稿中有部分诗行采用了不同的书写方向，如横排或竖排，甚至上下颠倒等。对此，转写文本一律横排，但在文本注释中有说明。

10. 分页：手稿上的诗歌文本有时溢出页面，出现了同一首诗分写在两个页面上的情况，为了读者阅读方便，转写文本对此有时合并，有时分开，并在文本注释中加以说明。

# 信封书写

A 105

A great Hope fell
You heard no noise/crash
The Ruin/havoc/damage was within
Oh cunning Wreck
That told no Tale
And let no Witness in

The mind was built for mighty Freight
For dread occasion planned
How often foundering at Sea
Ostensibly, on Land

A 105

一个伟大的希望坍塌
你听不到任何声响 / 破裂
毁灭 / 劫难 / 损坏 藏在里面
啊，狡猾的残骸
不透露任何消息
也不放进任何证人

这心灵是为重量级货物建造
做好最坏的预期
多少回于海上落难
表面佯装，在陆地

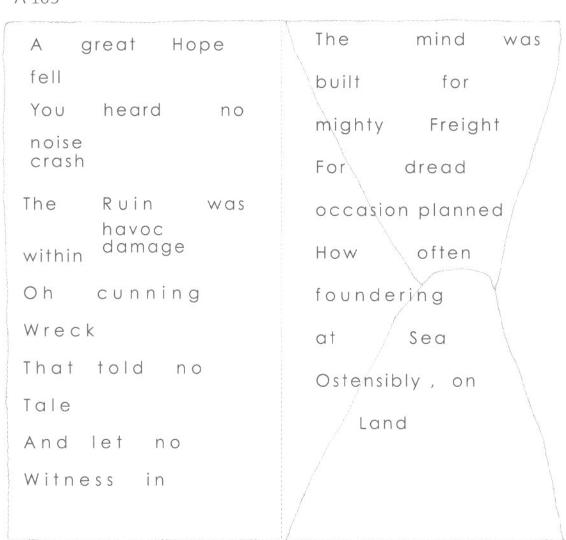


文本注释：
手稿分左右两栏排列，由此划分为两个诗节。

105

A great Hope
fell
You heard no
noise
crash
The Ruin was
havoc
within damage
Oh cunning
wreck
that told no
tale
And let no
witness in

The mind was
built for
mighty freight
for dread
occasion planned
how often
foundering
at Sea
ostensibly, on
Land

Dr J. G. Holland

Mrs Helen Hunt

105a

A not admitting
of the Wound
Until it grew so
wide
That all my
Life had entered it
And ~~troughs~~ there
were troughs
beside -
was space
room

---

A Closing of the
simple Lid that
Gate
Opened to the Sun
Until the tender
sovreign
Carpenter
Perpetual nail
it down -

Unsuspecting Carpenter

A 105a

A not admitting of the wound
Until it grew so wide
That all my Life had Entered it
And there were troughs/was space/room beside –

A closing of the simple lid/Gate that opened to the sun
Until the tender/sovreign Carpenter
Perpetual nail it down –

A 105a

对伤口的一种不予承认
直到它越长越宽阔
竟至吞没我的整个生命
旁边还有条条沟壑 / 空间 / 空余 –

那简单的盖子 / 门 朝着太阳的方向一关
直到那温柔的 / 至高无上的 木匠
将它永远钉上 –

A 105a

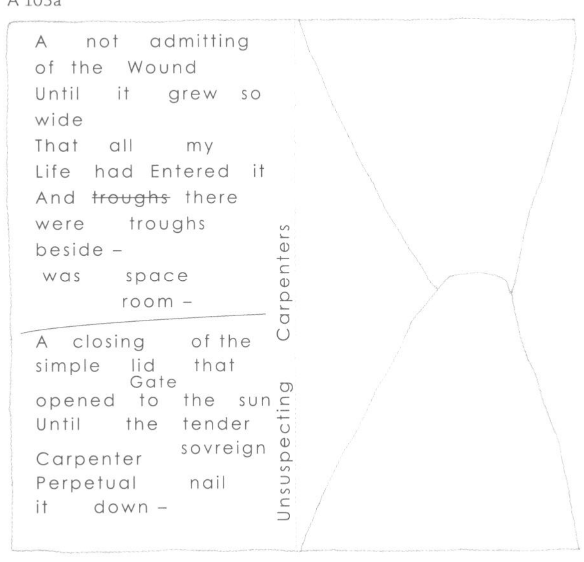


文本注释：
在诗歌手稿的中缝位置，有竖排的“Unsuspecting Carpenters”（没有疑心的木匠），疑为“温柔的 / 至高无上的木匠”的另一个替换词，很可能是诗人随后添加的，所以写在了中缝处。

A 108

When what they sung for is undone
Who cares about a Blue Bird's Tune –
Why, Resurrection had to wait
Till they had moved a Stone –

Till they could move a Stone –

As if a Drum/the Drums went on and on
To captivate the Slain –
I dare not write until I hear –
Intro without my Trans –

when what they sung for is undone

A 108

当它们歌唱的一切已散去
谁会在意一只青鸟的小曲 –
什么？复活不得不等待
等它们移开一块石头 –

等它们能移开一块石头 –

犹如一面鼓 / 那些鼓 一直敲啊敲
以迷惑被宰杀者 –
我不敢写直到我听见 –
引见而没有我的转换 –

当它们歌唱的一切已散去

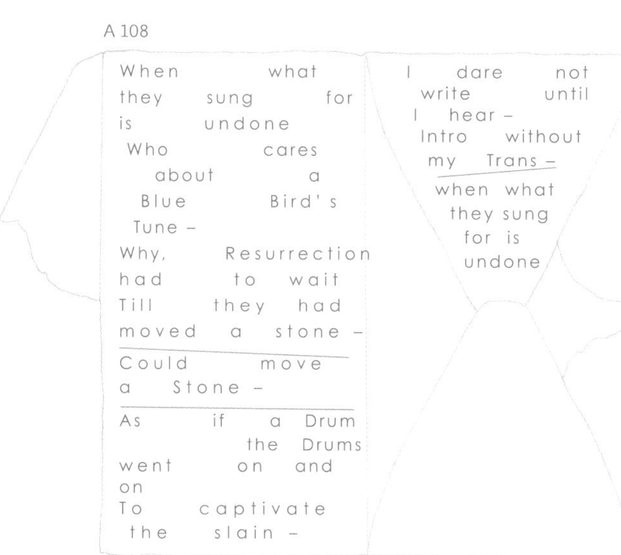

108 When what
they sung for
is undone
Who cares
about a
Blue Bird's
tune -
Why, Resurrection
had to wait
till they had
moved a stone -

Could move
a Stone -

As if a Drum
the Drums
went on and
on
to captivate
the Slain -

I dare not
write until
I hear -
Intro without
my Trans -

When what
they sung
for is
undone

"A Pang"

Louisa Norcross' writing
Miss Emily E. Dickinson.
Amherst.
Mass.

Vinnie

109 A Pang is more
Conspicuous in Spring
In contrast with the
those -
things that sing,
Not Birds entirely - but
Minds - Minute Effulgen -
And Winds - -cies
When what they sung
for is undone
Who cares about
a Blue Bird's Tune -
Why, Resurrection
had to wait
till they had moved
a Stone -

A 109

A Pang is more Conspicuous in Spring
In contrast with the/those – things that sing
Not Birds entirely – but Minds –
And Winds – Minute Effulgencies –
When what they sung for is undone
Who cares about a Blue Bird's Tune –
Why, Resurrection had to wait
Till they had moved a Stone –

A 109

一种痛楚在春天愈加明显
与 / 那些 – 会唱歌之物相反
不完全是鸟儿 – 还有心灵 –
还有风儿 – 细微光辉 –
当它们歌唱的一切已散去
谁会在意一只青鸟的小曲 –
什么？复活不得不等待
等他们移开一块石头 –

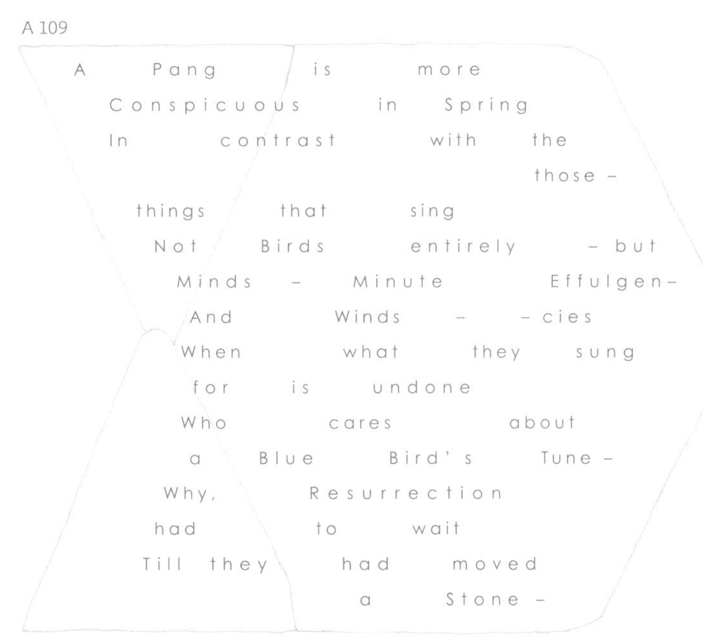


文本注释：
第四行在手稿中有歧义，也可以读作：Minute Effulgencies – and Winds（细微光辉 – 还有风儿）。

A 128

All men for Honor hardest work
But are not known to earn –
Paid after they have ceased to work
In Infamy or Urn –

A 128

人人为荣誉拼死拼活
却不晓得会收获什么－
待劳作停息，报之以
名誉扫地或骨灰盒－

A 128

All men for Honor
hardest work
But are not known
to earn –
Paid after they have
ceased to work
In Infamy or Urn –

128 All men for Honor
hardest work
But are not known
to earn-
Paid after they have
ceased to work
In Infamy or Arm-

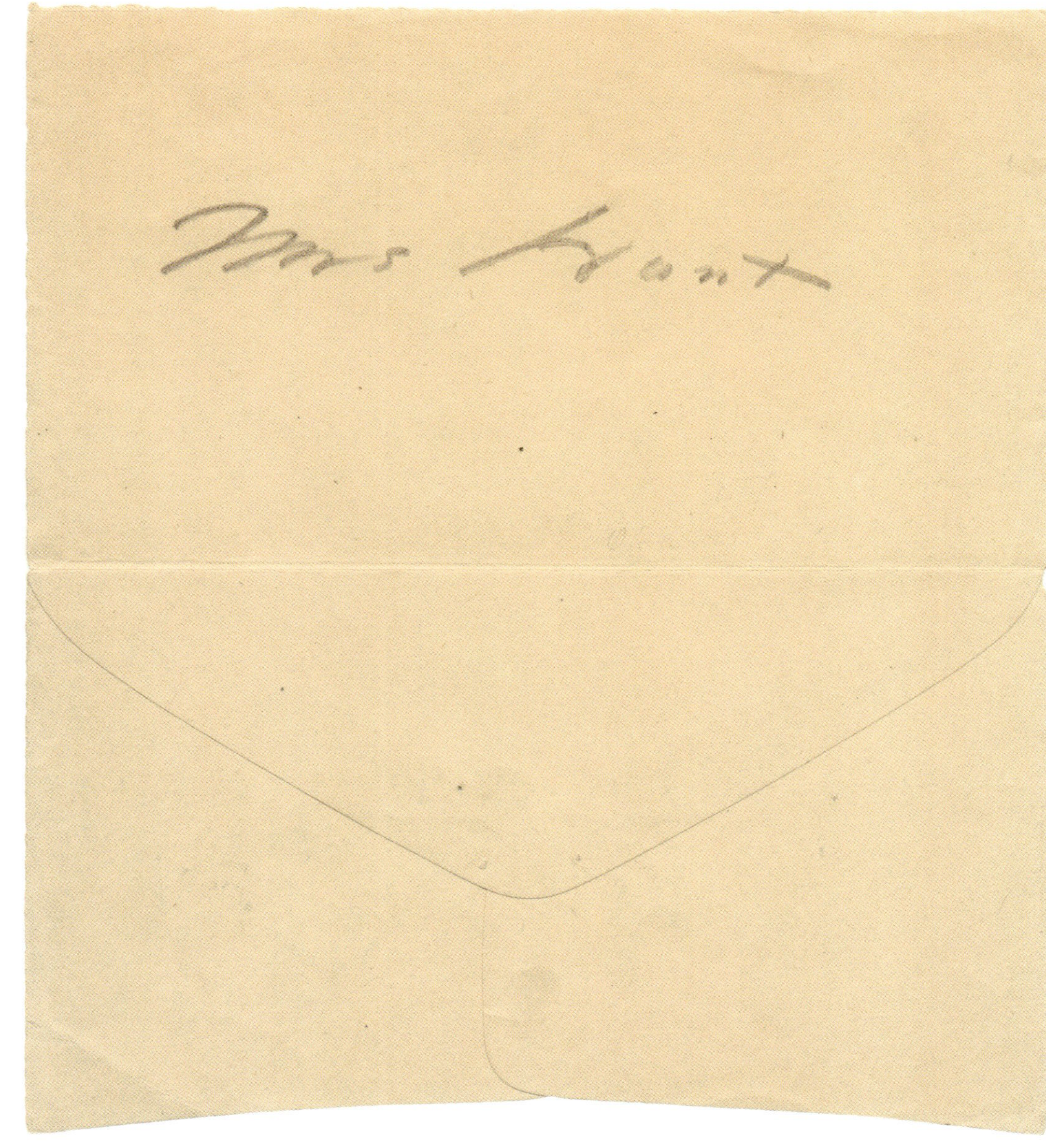
Mrs Grant

139 As old as Woe-
How old is that?
Some eighteen
thousand years-
As old as
Bliss
Joy-
How old is
that or
the age of that
they are of
equal years-

together
Chiefest - they
chiefs
are found

But tho seldom
side of side-
~~not~~ From
neither of
them tho'
he try
can
may
Human
nature
hide

A 139

As old as Woe –
How old is that?
Some Eighteen thousand years –
As old as Bliss/Joy –
How old is that /or The age of that
They are of Equal years –

Together Chiefest/Chiefly they are found
But/tho seldom side by side –
From neither of them tho' he try
Can/May Human Nature hide

A 139

像悲哀一样老 –
那有多老?
大概一万八千岁 –
像极乐 / 欢乐 – 一样老
那有多老 / 或它的年岁
它们两个同岁 –

发现这两位都是最高 / 主要 首领
但 / 虽 彼此很少靠近 –
人性无法 / 不能 躲开任何一个
哪怕他再努力

A 139

As old as Woe –
How old is that ?
Some Eighteen
thousand years –
As old as
Bliss
Joy –
How old is
that or
The age of that
They are of
Equal years –

Together
Chiefest they
Chiefly
are found

But tho seldom
side by side –
~~not~~ From
neither of
them tho'
he try
can
may
Human
Nature
hide

A 140

As Sleigh Bells seem/sound in Summer
Or Bees, at Christmas show –
So fairy/foreign – so fictitious –
The individuals do
Repealed from Observation –
A Party that/whom we knew –
More distant in an instant
Than Dawn in /on Timbuctoo –

A 140

好像 / 听来像 夏日里的雪橇铃儿
或蜜蜂，在圣诞节表演，
多么童话 / 陌生 – 多么虚幻 –
如此这般，一个个
从视线里撤离消散 –
我们相识的一个同伴 –
倏忽之间已远去
比通布图的黎明更远 –

A 140

As Sleigh Bells
sound
seem in Summer
Or Bees, at
Christmas show –
foreign
so fairy – so
fictitious –
The individuals
do
Repealed from
Observation –
A Party that we
whom
knew –

More distant in
an instant
Than Dawn
in Timbuctoo –
on

文本注释：
最后三句，手稿中有两个异文，都是连接词，译成中文之后都消失了。

140

As Sleigh Bells
sound
seem in Summer
Or Bees, at
Christmas show -
foreign
So fairy - so
fictitious -
The individuals
do
Repealed from
Observation -
A Party that we
whom
knew -

More distant in
an instant
Than Dawn
in Timbuctoo -
on

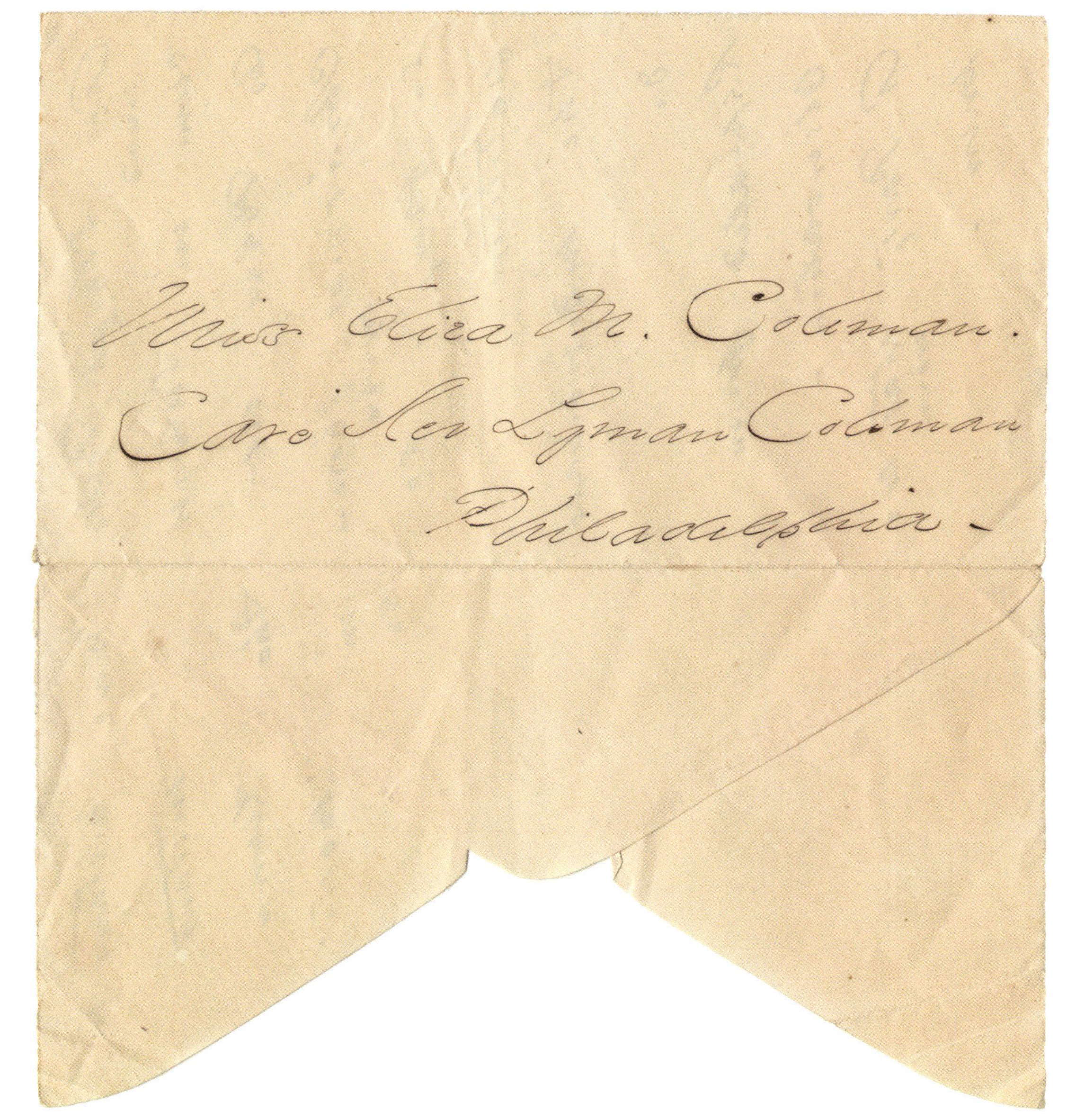

Miss Eliza M. Colman.
Care Rev Lyman Colman
Philadelphia -

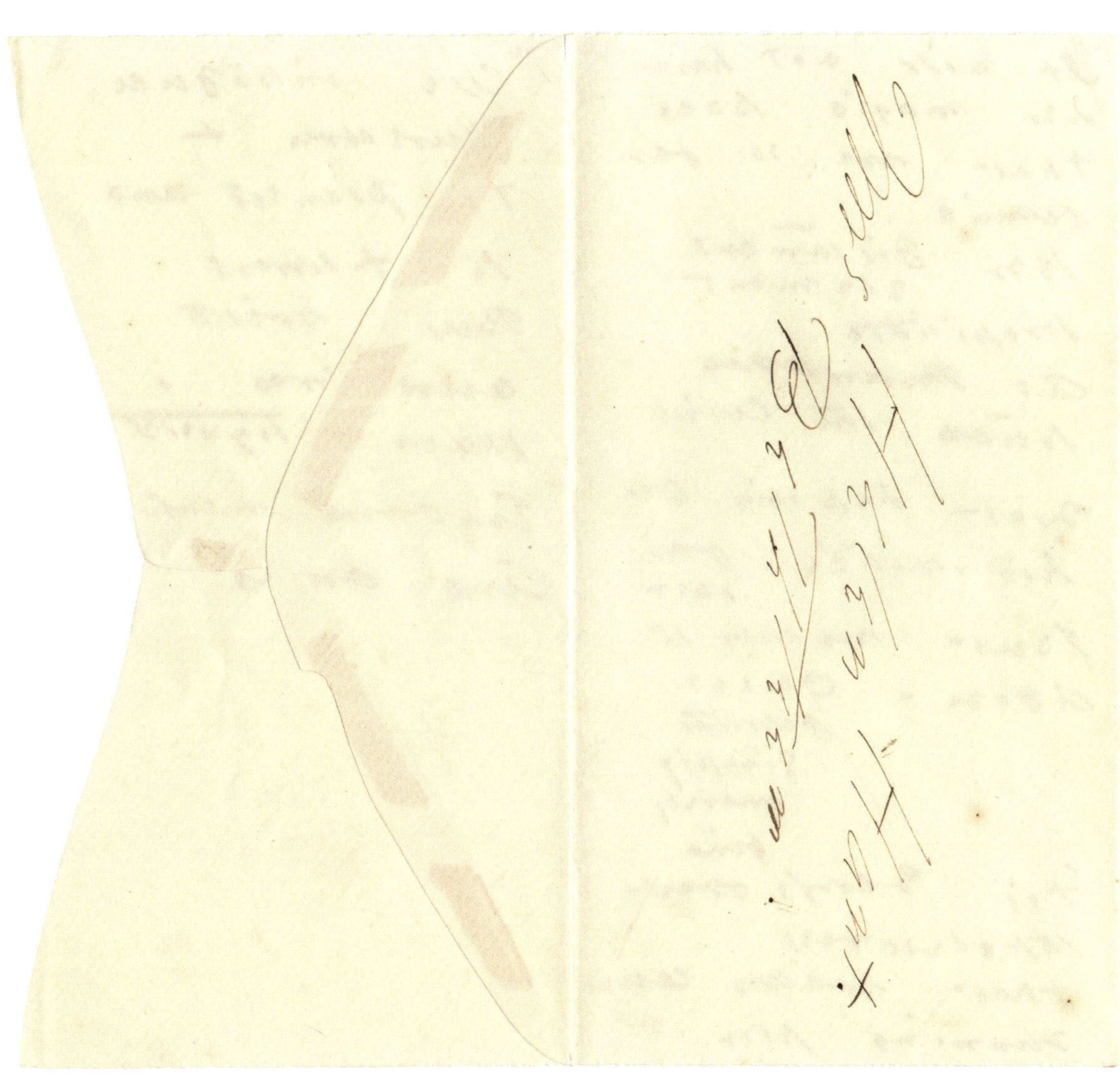

145 It will not harm
her magic pace
that we, so far
behind
Her distances
element
propitiate
As Branches
touch the Wind

Not hoping for
his notice far
vast
But nearer to
Adore - Closer
further
simply
merely
bare
'Tis Glory's over-
takelessness
that makes our
running poor ove

146 We introduce
ourselves to
to Planets and
to Flowers
But with
ourselves
Have Etiquettes
Embarrassments
And awes

A 145

It will not harm her magic pace
That we, so far behind
Her distances/Element propitiate
As Branches touch the Wind

Not hoping for his notice far/vast
But nearer/closer/further/simply/merely/finer to Adore –
'Tis Glory's overtakelessness
That makes our running poor

A 146

We introduce ourselves +
To Planets and to Flowers
But with ourselves
Have Etiquettes
Embarrassments
And awes

A 145

这不会妨碍她神奇的步履
我们远在其后，何其远
她的距离 / 要素 给予安慰
如枝条触摸清风

不希求他的注意远 / 广阔
而是更近 / 更紧 / 更加 / 仅仅 / 只是 / 更好 仰慕 –
正是荣耀之不可企及
令我们的奔忙卑微

A 146

我们介绍自己 +
向星球和花儿
而我们对待彼此
则以客套
尴尬
和畏惧

A 145 / 146

It will not harm
her magic pace
That we, so far
behind
Her distances
Element
propitiate
As Branches
touch the Wind

Not hoping for
his notice far
vast
But nearer to
Adore – closer
further
simply
merely
finer
'Tis Glory's over-
takelessness
That makes our
running poor

We introduce
ourselves +
To Planets and
to Flowers
But with
ourselves
Have Etiquettes
Embarrassments
And awes

文本注释：
A 145 的手稿中，“we”（我们）的后面似乎有一个逗号，不甚清晰，富兰克林阅读版未保留。

A 165

Death warrants are supposed/believed to be
An Enginery of Equity
A merciful/hazardous mistake
A pencil/dainty in an Idol's Hand
A Devotee has oft consigned
To Crucifix or Block/stake

A 165

死刑令被认作 / 被相信 是
一种公平的兵器
一个仁慈的 / 冒险的 错误
一支铅笔在一个偶像的 / 虚幻的 手中
一个虔诚的信徒常被交付
给十字架或垫头木 / 火刑柱

A 165

Death warrants are
supposed to be me
believed to be me
An Enginery of
Equity
hazardous
A merciful mistake
A pencil in
dainty
an Idol's Hand
A Devotee has
oft consigned
To Crucifix
or Block
stake

cool - bland

文本注释：
手稿右缝处的“cool – bland”（冷静的－淡定的），可能是“oft”（时常）的替换词，用作副词，但难以确定。

165 Death warrants are
supposed to be
believed to be ~~me~~
an Engine of
Equity hazardous
a merciful mistake
a pencil in
an painti Hand
Idols
a Devotee has
oft consigned
to Crucifix
or Block
stake

e ool- blade

Miss Lavinia Dickinson

Amherst,

Mass.

Care

W. A. Dickinson Esq.

APR 5

A 193

Glass was the Street – in Tinsel Peril
Tree and Traveller stood.
Filled was the Air with merry venture
Hearty with Boys the Road –

Shot the lithe Sleds like Shod vibrations
Emphazized and gone
It is the Past's supreme italic
Makes the Present mean –

Makes next/this moment mean

A 193

街道是玻璃－处于光鲜的险境
立着树木和穿行者。
空气中弥漫着快乐的冒险
男孩们让路上生机勃勃－

冲出轻盈的雪橇像振动波跺着脚
被重点强调，随后散去了
正是过去之至尊被加重
使现在卑微落寞－

使此刻 / 下一刻卑微落寞

文本注释：
在这个电报封皮页面的右侧，从下半部分起，是另一首诗（A 194）的开头部分。

193

Glass was
the Street –
in tinsel
Peril
Tree and
Traveller stood.
Filled was
the Air with
merry venture
Hearty with
Boys the
Road –

---

Shot the lithe
Sleds like
Shod vibrations
Emphasized
and gone

194

It is the
Past's supreme
italic
makes the
Present mean –

---

makes this never
moment mean

---

It came his
turn to beg –
the begging
for the life
Is different
from another
Alms
'Tis Penury
in Chief –
I scanned
his narrow
~~great~~
Realm

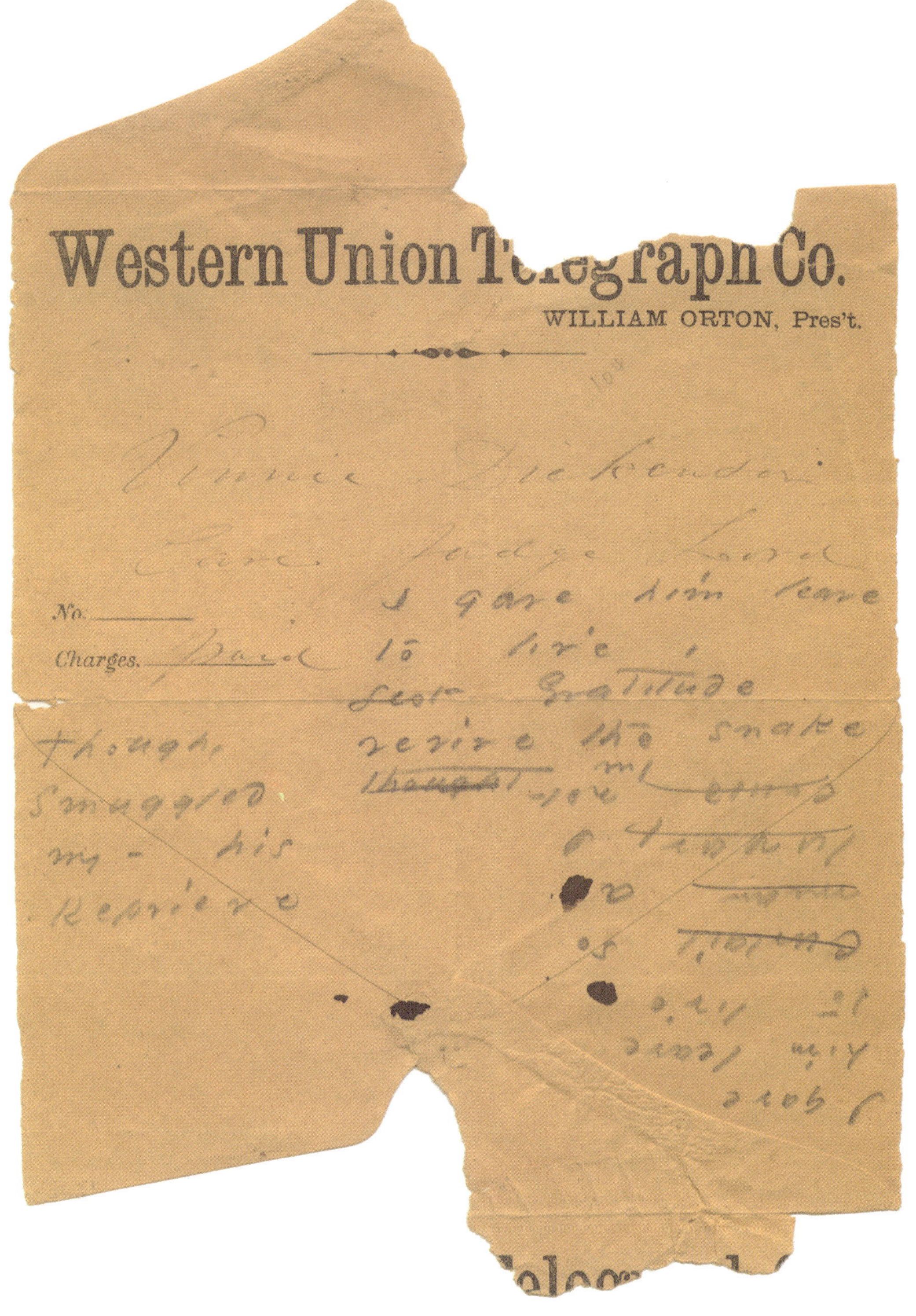

**Western Union Telegraph Co.**

WILLIAM ORTON, Pres't.

Vinnie Dickinson

Care Judge Lord

No:

Charges. Paid

I gave him leave
to live
Lest Gratitude
revive the snake
~~thought~~ [illegible]
though
Smuggled
in - his
Reprieve

I gave
him leave
to live
[illegible]

Telegr

A 194

It came his turn to beg –
The begging for the life
Is different from another Alms
'Tis Penury in Chief –
I scanned his narrow Realm
I gave him leave to live
Lest Gratitude revive the snake
Though, smuggled my/his – Reprieve

A 194

轮到他来乞讨－
乞讨的是生命
这不同于另一种施舍
主要是赤贫－
我审视他狭窄的领地
我放他一条生路
唯恐感激复活了那条蛇
即便，偷运了我的 / 他的－赦免令

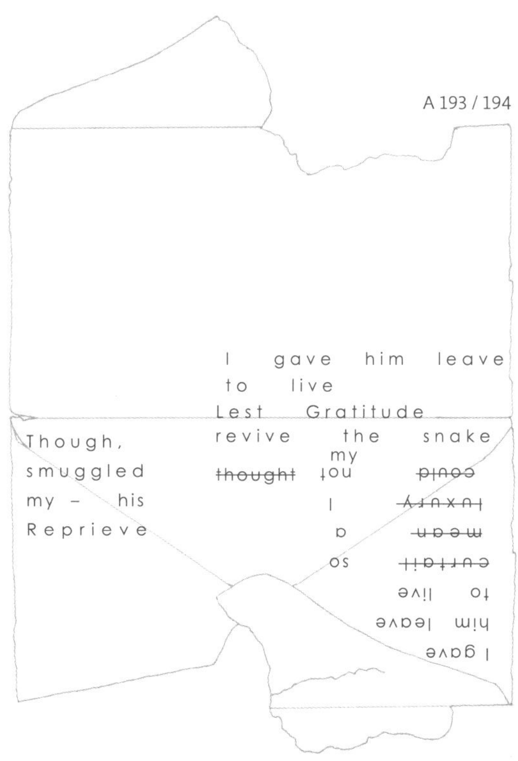


文本注释：
此诗手稿的上半部分见第 31 页，接 A 193。手稿中有多个颠倒的且被勾掉的词语。最后一行的“赦免令”前面有两个代词，“my”（我的）和“his”（他的），这里参考富兰克林阅读版，把“his”作为替换词处理。

A 201

Had we known the Ton she bore
We had helped the terror
But she straighter walked for Freight
So be her's the Error –

Smiled too brave
for the detecting
our detection
Till arrested here
Discovered here –

A 201

若是我们知道她承载的吨位
我们就会助长那恐惧
可她径直走向那货物
那么错在她自己 –

微笑得如此坦然
无以察觉
让我们察觉
直到被捕获在这里
被发现在这里 –

Had we known
the ton she
bore ~~weight~~ ~~load~~
We had helped
the terror
But she
straighter walked
for freight
So be her's
the Error –

Smiled too brave
for the
Detecting

Our Detection
till arrested
here
Discovered
here.

Mr J. G. Holland
Springfield
Mass.

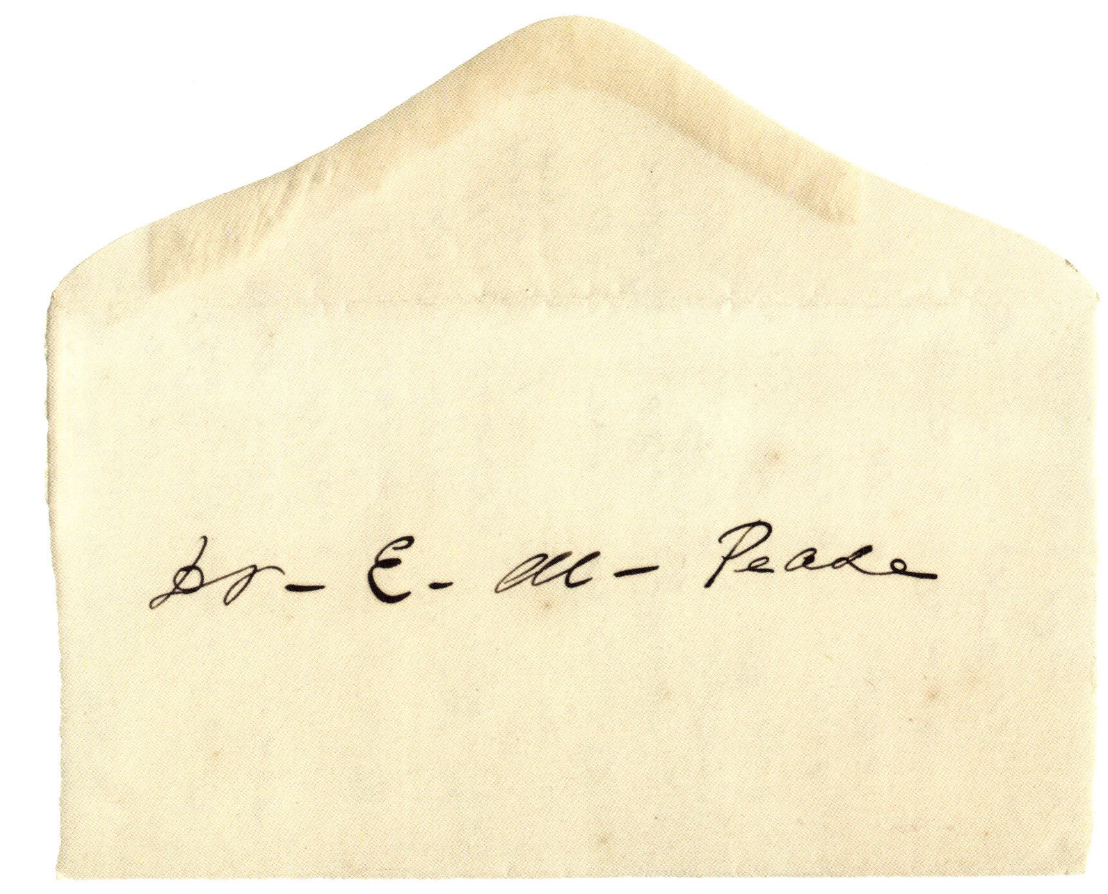
Dr – E – M – Peake

202 Had we our
senses
tho'
But perhaps 'tis
well they're not
at Home
So intimate with
Madness
He's liable with them
that's'
'tis
Had we the eyes
within our Head -
prudent
How well that
we are Blind.
We could not
look upon the
Earth - World
So utterly
unmoved -

A 202

Had we our senses
But/Tho' perhaps 'tis well they're not at Home
So intimate with Madness
He's/That's/ 'Tis liable with them

Had we the eyes within our Head– s –
How well/prudent that we are Blind –
We could not look opon the Earth/World –
So Utterly Unmoved –

A 202

若是我们有感官知觉
或许 / 不过 它们不在家倒是更好
会与疯狂太过亲近
若是他 / 那就 / 它就 有它们相助

若是我们大脑里面有眼睛
做个盲人该有多好 / 明智 –
我们不可能望着人间 / 世界 –
却全然不为所动 –

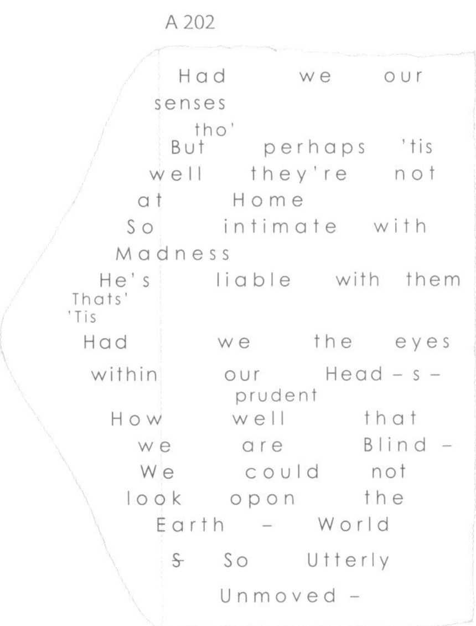
A 202
Had we our
senses
tho'
But perhaps 'tis
well they're not
at Home
So intimate with
Madness
He's liable with them
Thats'
'Tis
Had we the eyes
within our Head – s –
prudent
How well that
we are Blind –
We could not
look opon the
Earth – World
S So Utterly
Unmoved –

A 232

I have no life but this –
To lead it here –
Nor any Death – but lest
+Abased/Dispelled from there –

Nor +Plea for Worlds to come
Nor Wisdoms new
Except through this +Extent
The loving you.

———

+ Withheld – /deprived from there –
+ Nor tie to
+ Expanse –

A 232

我没有任何生命除了这一个 –
在这里引领它 –
也没有任何死亡 – 以免
从那里 +被驱逐 / 受屈辱 –

也不 +恳求来世
或新的智慧
除了通过这个 +此刻
对你的爱。

———

+ 在那里被扣留 – / 从那里被剥夺 –
+ 也不依靠
+ 广阔 –

A 232

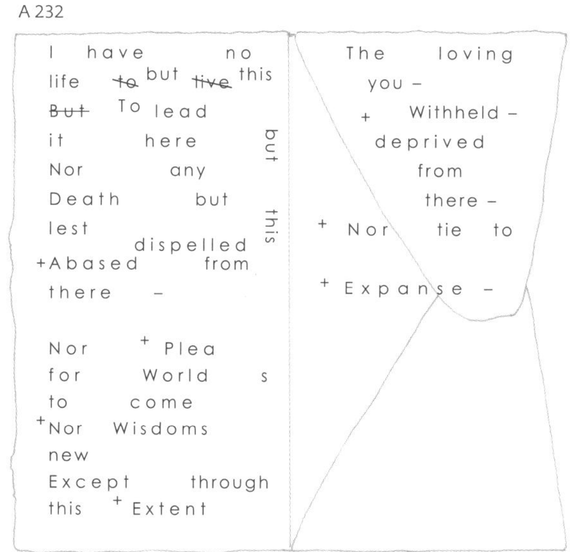


文本注释：
中缝处的替换词“but this”（除了这一个），其实在诗行中间已出现过，而诗行中的“to live”被画掉了。此外，结尾处还有三个替换词。手稿中添加了若干小加号，它们提示了结尾的替换词可能替换的是哪个词语。

232 I have no
life ~~to~~ but ~~in~~ this
~~But~~ To lead
it here
nor any
Death but
lest dispelled
\+ abased from
there -

nor + plea
for world s
to come
\+ nor wisdoms
new
Except through
this + extent

but this

the loving
you -
\+ withheld.
deprived
from
there.
\+ nor tie to
\+ Expanse -

NEW YORK
N.Y.

A 236

I never hear that one +is dead
Without the Chance of Life
Afresh annihilating me
That mightiest Belief,
Too mighty for the Daily mind
That tilling its' abyss,
Had Madness, had it once or, Twice
The +yawning Consciousness,

Beliefs are Bandaged, like the Tongue
When Terror were it told
In any Tone commensurate
Would strike us instant Dead –

I do not know the man so bold
He dare in +lonely Place –
That awful +stranger – Consciousness
+Deliberately face –

---

+ that one has died –
+ Consciousness of this.
+ lonesome Place – / secret Place
+ look squarely in the Face.

A 236

没有一次我听到有人 +死去
生命之不可预测
不是再一次将我毁灭
那信念之最强大者，
对于日常心灵太强大
耕种它的无底深渊，
经受疯狂，一次，甚或两次
那 +张着大嘴的“意识”，

信念裹着绷带，像舌头
当恐怖被说出
以任何相称的语调
会即刻置我们于死地 –

我不知道谁如此英勇
竟敢在 +孤单的地点 –
跟那可怕的 +陌生者 – / 意识
+刻意地面对面 –

---

+ 那位已死去者 –
+ 对此的意识。
+ 孤单的地方 – / 秘密的地方
+ 直接面对面。

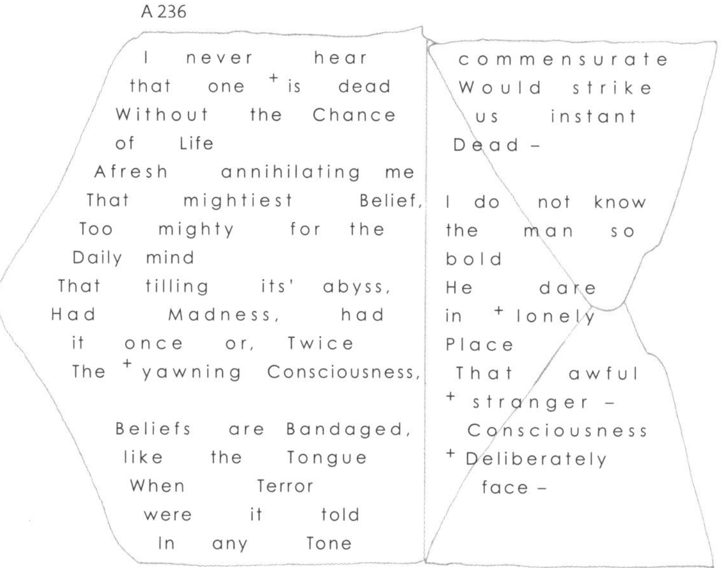


文本注释：
诗人在诗歌结尾处留下了一系列替换词（被替换词的左上角处标注了小加号），它们其实写于信封的正面（见第 46 页），为方便读者阅读，特放置于此处。

I never hear
236 ~~that~~ one + is dead
without the Chance
of Life
Afresh annihilating me
that mightiest Belief,
too mighty for the
Daily mind
that tilling it's abyss,
Had Madness, had
it once or, twice
the + yawning Consciousness,

Beliefs are Bandaged,
like the tongue
When Terror
were it told
In any tone

commensurate
would strike
us instant
Dead -

I do not know
the man so
bold
He dare
in + lonely
Place
that awful
+ stranger -
Consciousness
+ Deliberately
face -

+ that one has
died –
+ Consciousness
of this.
+ lone some
place – secret
place
+ look
squarely
in the face.

107

A 236

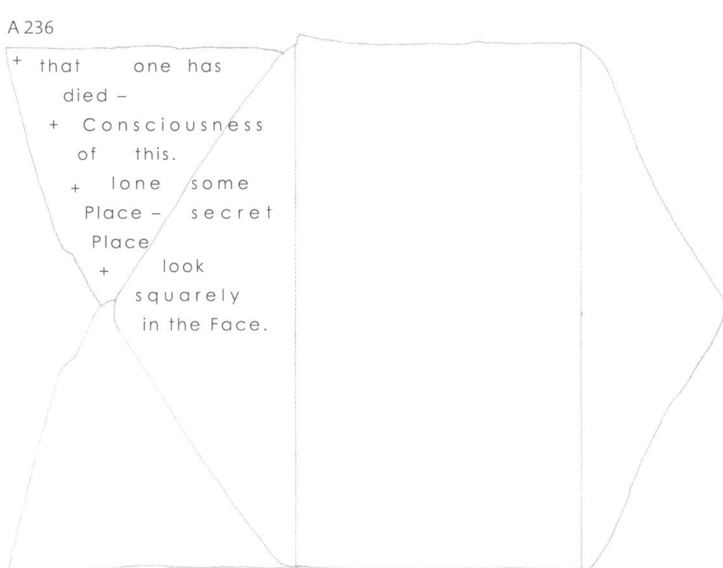
+ that one has
died –
+ Consciousness
of this.
+ lone some
Place – secret
Place
+ look
squarely
in the Face.

A 252

In this short Life
That only/merely lasts an hour
How much – how
little – is
Within our
power

A 252

在这短暂的一生

仅 / 不过 持续个把时辰

有多少 – 少之

又少 – 是由

我们自己

掌控

A 252

In this short Life
that only merely lasts an hour
How much – how
little – is
within our
power

文本注释：
富兰克林阅读版将这首诗合并为两行，这里依据手稿，分为六行。

252 In this short Life
that only lasts an hour
merely
How much - how
little - is
within our
power

A 277

Long Years apart – can make no
Breach a second cannot fill –
+The absence of the/a Witch does not/cannot
Invalidate the/a spell –

The embers of a Thousand Years/years
Uncovered by the Hand
That fondled them when they were Fire
Will gleam/stir and understand

———

\+ Who says the Absence of a Witch
In –validates his spell?

A 277

多年的分别 – 造不成任何
一秒钟填不平的裂缝 –
+巫师不在场并不会
让那 / 一个 魔咒失灵 –

千年的灰烬是火焰时
曾由那只手将它抚弄
如今仍由它揭开
将发光 / 萌动 且领悟

———

\+ 谁说巫师不在场就会
让他的魔咒失 – 灵？

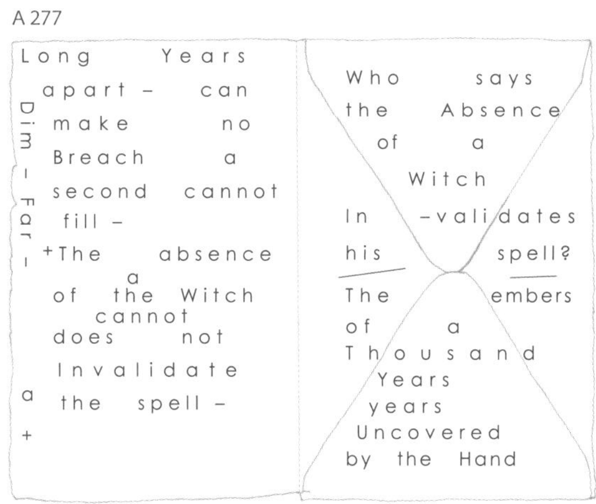


文本注释：
页面左边有诗人留下的替换词“Dim – Far –”（暗 – 远 – ），可能用于替换“absence”（不在场）。因为页面不够，此诗的结尾部分被诗人写在了信封的正面（见第 54 页）。

277

Long Years
apart - can
make no
Breach a
second cannot
fill -
+ the [a] absence
of the Witch
does not [cannot]
Invalidate
a
the spell -
+

+ Dim - Fair

Who says
the Absence
of a
Witch
In - validates
his spell?
+ The embers
of a
Thousand
Years
Years
Uncovered
by the Hand

277a

that
fondled
them
when
they
were
Fire

Stir

will glean
and
understand

Miss Vinnie Dickinson

A 277

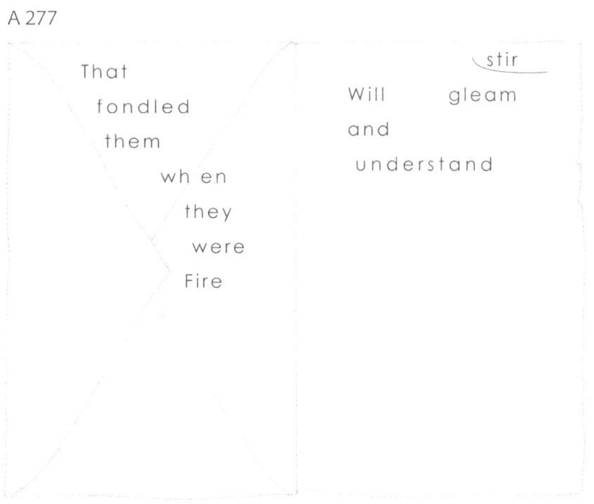
That
fondled
them
wh en
they
were
Fire
stir
Will gleam
and
understand

A 278

Look back on Time with kindly Eyes –
He doubtless did his best –
How softly sinks that/his trembling Sun
In Human Nature's West –

A 278

回望时间，以仁慈之眼 –
无疑他已尽了全力 –
多么轻柔地下落，那 / 他的 颤抖的太阳
在人性的西方 –

A 278

Look back
on Time
with kindly
Eyes –
He doubtless
did his best –
How softly
sinks his that
trembling Sun
In Human
Nature's West –

278

Look back
on time
with kindly
Eyes -
He doubtless
did his best -
How softly
sinks ~~that~~ his
trembling sun
In Human
Nature's West -

Little Maggie

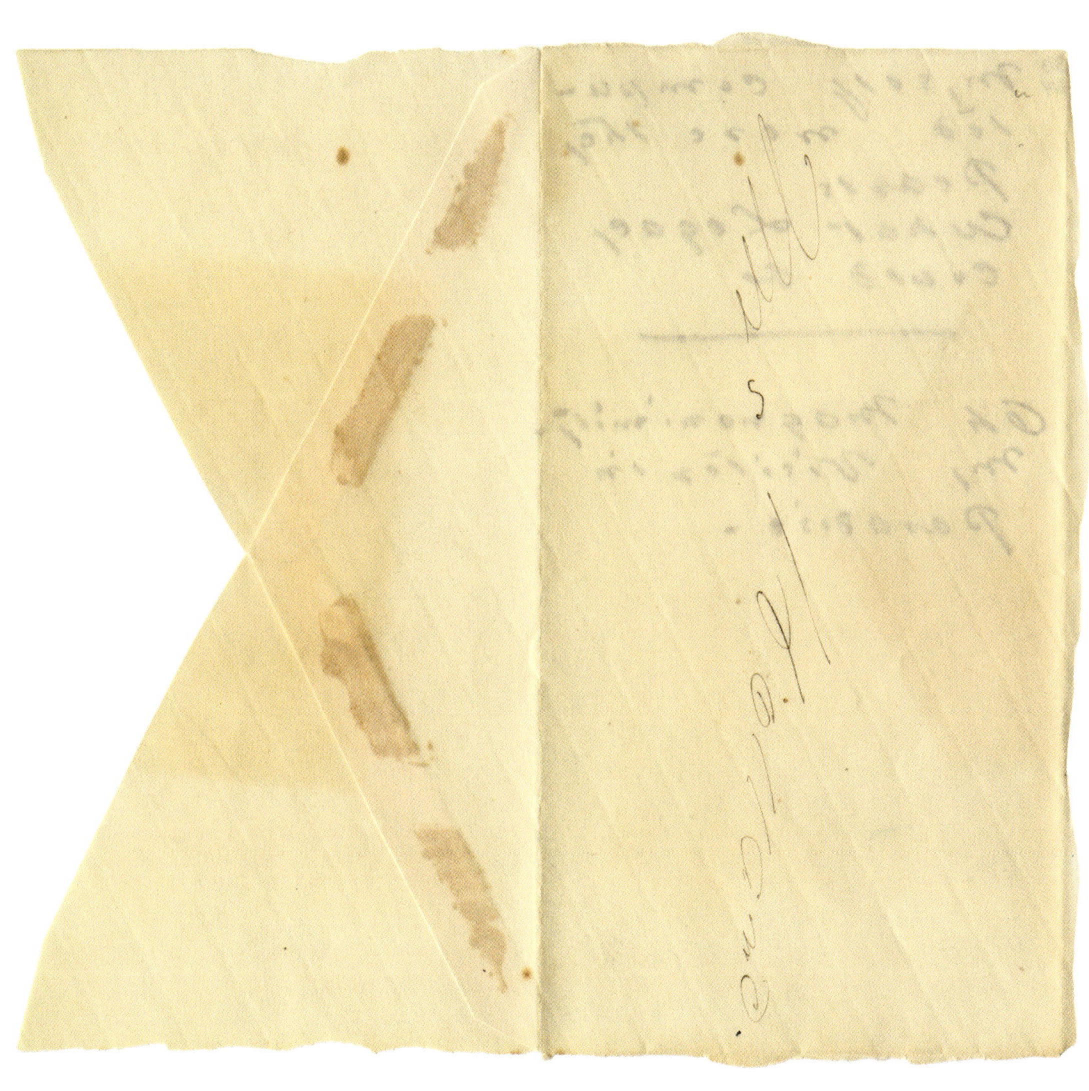

313
314 Myself computed were they
Pearls
What Legacy
could be

---

Oh Magnanimity
My Visitor in
Paradise.

A 313

Myself computed
were they Pearls
What Legacy
could be

A 314

Oh Magnanimity –
My Visitor in
Paradise –

A 313

我自己估算
它们若是珍珠
那会是什么
遗产

A 314

啊，宽宏大量 –
我的访客在
天堂 –

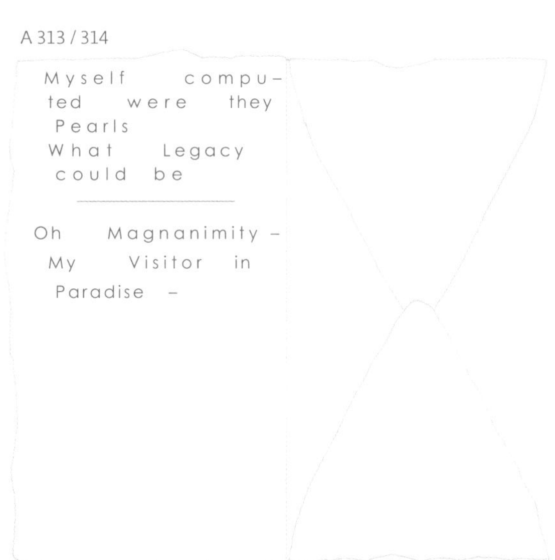

A 316

Oh Sumptuous moment
Slower go
That/Till I may/can gloat on thee –
'Twill never be the same to starve
Now/that/Since I abundance see –
Which was to famish, then or now –
The difference of Day
Ask him unto the Gallows led –
With morning in/by the sky

A 316

啊，奢华的时刻
慢一点走
不然 / 直到 我会忘乎所以 –
忍饥挨饿从此将不再相同
现在 / 既然 富足我已见过 –
哪一个是挨饿，那时还是现在 –
二者有何差异
问问被带向绞刑架的他 –
当清晨进入 / 靠近 天宇

A 316

Oh Sumptuous
moment
Slower go
~~Till I~~ That I
Till
may gloat on
can
thee –
'Twill never
be the same
to starve
Now that I abundance
since
see –
Which was to
famish, then or
now –
The difference
of Day
to
Ask him
unto the Gallows
led – called
With morning
By
in the Sky

316 Oh Sumptuous
moment
Slower go
~~[illegible]~~ that I
may gloat on [Till]
thee - [can]
'Twill never
be the same
to starve
Now [that I] abundance [since]
see -
Which was to
famish, then or
now -
the difference
of day [to]
Ask him
unto the Gallows
led - called
With morning
in the sky [By]

Mrs Helen Hunt

AMHERST
MASS.
NOV
19
1880

317

On ~~that~~
specific Pillow
Our projects
flit away -
the Nights'
tremendous
Morrow
And whether
sleep will stay
Or usher us -
a Stranger -

317a

to situations
new
the effort
to comprise
it
Is all the
soul can do,
+ Exhibition -
Comprehension
+ of Comprising

A 317

On that specific Pillow
Our projects flit away –
The Nights' Tremendous Morrow
And whether Sleep will stay
Or usher us – a Stranger –
To +Situations New
The effort +to comprise it
Is all the Soul can do!

+ Exhibiton/Comprehension
+ of Comprising

A 317

在那特别的枕头上
我们的计划飞散了 –
这夜晚的浩渺天明
睡眠将会留下
或将引领我们 – 一个生客 –
走向那新的 +境地
奋力 +接纳它是灵魂
所能做的一切!

+ 展示 / 领悟
+ 接纳

A 320

One note from One Bird
Is better than a million words
A scabbard has/holds/needs – but one sword

A 320

一只鸟发出的一个音符

胜过万语千言

一把剑鞘仅有 / 握 / 需 – 一把剑

A 320

One note from
One Bird
Is better than
a million words
A scabbard
needs
has – holds
but one
sword

320 One note from
One Bird
Is better than
a Million words
a scabbard
has – holds [needs]
but – one
sword

324

Our little
secrets
slink
away –
Beside
God's shall
not will
tell –
He kept
his word
a trillion
years might we
And not as well –
But for the
niggardly
delight
to make
each other
stare
Is there no
sweet beneath
the sun
with this
may
that compare –

A 324

Our little secrets slink away –
Beside God's shall/will not tell –
He kept his word a Trillion years
And might we not as well –
But for the niggardly delight
To make each other stare
Is there no sweet beneath the sun
With this that may compare –

A 324

我们的小小秘密逃脱－
上帝的却从不说－
亿万年来他守口如瓶
但愿我们不必－
只为那一点吝啬的欢乐
让彼此互相凝望着
太阳底下没有任何甜蜜
可以跟这一个相比－

A 324

Our little
secrets
slink
away –
Beside
God's shall
not will
tell –
He kept
his word
a Trillion
years
And might we
not as well–
But for the
niggardly
delight
To make
each other
stare
Is there no
sweet beneath
the sun
With this
that may
compare –

A 332

Pompless no Life can pass away –
The lowliest career
To the same pageant wends it's way
As that Exalted here –
How cordial is the Mystery
The Hospitable Pall –
A this way beckons spaciously
A miracle for all –

A 332

没有任何生命离世而不沾浮华 –
最卑微的一生
也会一路走向同样的盛典
与高贵者相同 –
这神秘仪式何等热诚
何等殷勤好客的柩衣 –
一声洪亮的召唤“这边请”
一个奇迹为全体 –

A 332

Pompless no Life can pass away – The lowliest career To the same pag – eant wends it's way as that + Exalted here – How cordial is the Mystery

+ proceed

The Hos – pitable Pall – A this way beckons spaciously there is a for chair seat Each oc cupant an Earl world Throne all

文本注释：
此诗手稿有多处修改勾画的痕迹，最后一个句子写在纸张的另一面，见第 76 页。

332

Pompless
no Life
can pass
away -
the lowliest
career
to the
same Pag-
eant wends
its way
as that
x Exalted
here -
How cordial
is the
mystery.

the hos-
pitable
Pall -
A this
way
beckons
spaciously
then is
A + Mira
for all
+ chair
+ seat
each oc-
cupant an
Earl

a miracle
for all -

98(3)

as those
resplend
ent ~~tree~~

A 332

A miracle as those
for all – resplend
ent here

A 339

Risk is the Hair that holds the Tun
Seductive in the Air –
That Tun is hollow – but the Tun/one –
With Hundred +Weights – to spare –
Too ponderous to suspect the snare
Espies that fickle chair
And +seats itself to be let go
By that perfidious Hair –

The "foolish Tun" the Critics say –
While that +delusive/obliging Hair
Persuasive as Perdition,
Decoys it's Traveller/Passenger

——

+ mounts to be to atoms hurled –
+ enchanting –

A 339

冒险是悬着酒桶的头发
在空中诱惑 –
酒桶是空的 – 可那酒桶 / 那一个
有几百镑的+负重 – 要清空 –
太笨重竟不怀疑那是陷阱
发现了那把轻浮的椅子
便径自+坐下以解脱
背信弃义的头发 –

"愚蠢的酒桶" 批评家如是说 –
而那+迷惑人的 / 乐善好施的 头发
令人信服如万劫不复，
诱骗着旅行者 / 旅客

——

+ 攀升以倾泻至原子 –
+ 魅惑的

A 339

Risk is the Hair
that holds the Tun
Seductive in the Air –
That Tun is hollow –
but the Tun – one
With Hundred
+Weights – to spare –
Too ponderous to sus-
pect the snare
Espies that fickle
chair
And + seats itself
to be let go
By that perfidious
Hair –

The "foolish
Tun" the
Critics say –
While that
+ delusive
Hair + obliging –
Per – suasive
as Perdition,
Decoys
its' + Traveller
+Passenger

+ mounts
to be to
atoms hurled –
+ enchanting –

文本注释：
这里的异文"mounts to be to atoms hurled –"（攀升以倾泻至原子 –）若连起来读，在语法上讲不通，很可能需要拆开，作为第四行和第七行的替换词。

Risk[339] is the Hair
that holds the Tun
Seductive in the Air -
That Tun is hollow -
but the Tun - one
With Hundred
+ Weights - to spare -
Too ponderous to sus-
pect the snare
Espies that fickle
Chair
And + seats itself
to be let go
By that perfidious
Hair -

The "foolish
Tun" the
Critics say -
While that
+ delusive
Hair + obliging -
Per - suasive
as Perdition,
Decoys
it's + Traveller
+ Passenger

+ mounts
to be to
alone hurled -
+ enchanting -

Dr. E. M. Pease
Springfield
Mass—

107

351 Society for me
my misery
since Gift of
Thee -

352 Or Fame erect
her siteless Citadel -

A 351

Society for me my misery
Since Gift of Thee –

A 352

Or Fame erect
Her siteless Citadel –

A 351

社会对我而言即我的不幸
既已赐予了你 –

A 352

或耸立的名声
她的无地点的大本营 –

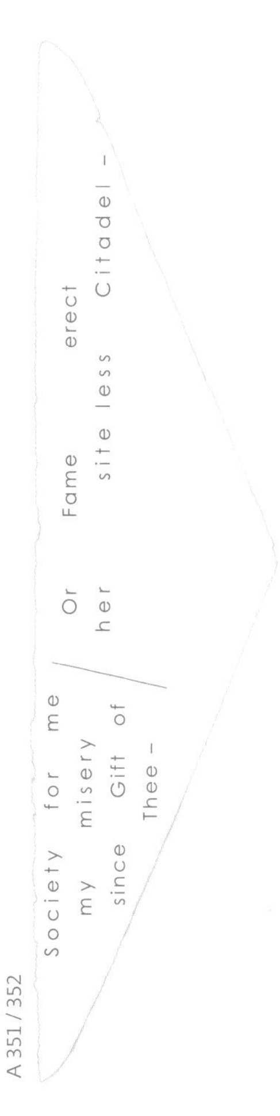

A 355

Some Wretched creature, savior take
Who would Exult to die
And leave for thy sweet mercy's/patiences' sake
Another Hour to me

---

My Earthly/human/Life/Hour to me

A 355

某个可怜虫，救世主带走吧
会高高兴兴地去死
既然您一向慷慨而慈悲 / 耐心
请再留给我一个时辰

---

请给我尘世的 / 人间的 / 生活 / 时光

A 355

Some Wretched
creature , savior
take
Who would Exult
to die
And leave for
thy sweet
mercy's sake
patience'
Another Hour
to me
______ human
My Earthly
Life
Hour to me

355 Some wretched
creature, Savior
take
Who would exult
to die
And leave for
thy sweet-
mercy's sake
patience
Another Hour
to me
——— human
my earthly
Life
Hour to me

Summer laid
her simple Hat
On it's boundless
Shelf -
Unobserved - a Ribin
slipt ~~sanction~~
~~Sa~~m~~mo~~n it - yourself.
fasten

Summer laid her supple Glove
In it's silvan Drawer -
where ~~soe'er the~~ ~~it~~ - or as
was she -
the on Affair
of Awe -
The Demand
of Awe

A 364

Summer laid her simple Hat
On its' boundless Shelf –
Unobserved – a Ribin slipt
Fasten it – yourself –

Summer laid her Supple Glove
In its' silvan Drawer –
Where soe'er or/as was she –
The/an affair of Awe –

The demand of Awe

A 364

夏天把她的便帽放
在那无边的架子上 –
没注意 – 一条丝带脱落
你自己 – 把它系上

夏天把她柔软的手套放
进那森林的抽屉里 –
无论在哪里 – 她是不是 –
那 / 一个 敬畏的事件 –

那敬畏的要求

A 364

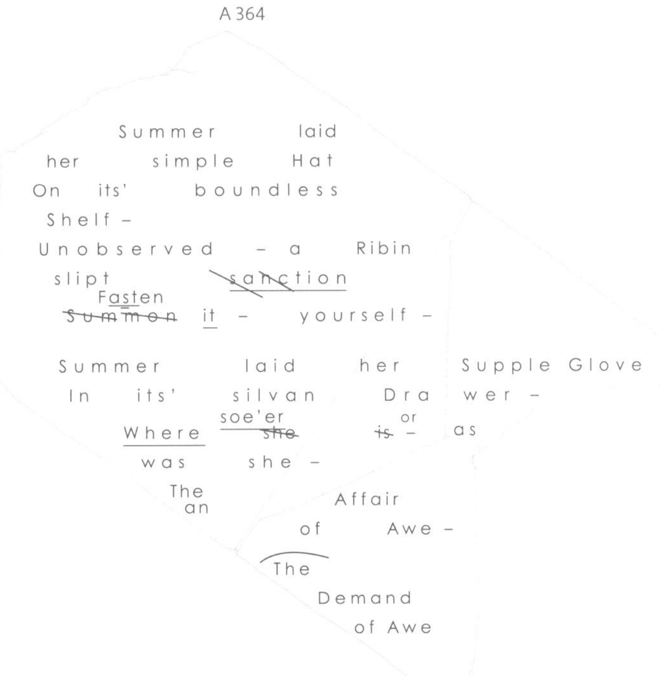


文本注释：
手稿上有多处勾画痕迹，转写文本倒数第二行中的异文有歧义，富兰克林阅读版删掉了“as”，这里保留，作为一个替换词选项。

A 367

Surprise is like a thrilling – pungent –
Opon a tasteless meat.
Alone – too acrid – but combined
An Edible Delight –

A 367

惊喜就像一种令人兴奋的 – 辛辣料 –
加到食之无味的肉上。
单独吃 – 太辛辣 – 但调和在一起
一道有滋有味的欣喜 –

367 Surprise is like
a thrilling - pungent -
Upon a tasteless
meat.
Alone - too acrid -
but - combined
An Edible Delight -

Dr. E. M. Peake

Frank Gilbert. Esq
Hotel Vendome.
Boston.
Mass.

She's brother who was ill then –
Their father was a drunkard.

391

The Ditch
is dear to the
Drunken man
for is it not
his Bed – his
Advocate – his
Edifice – ~~How~~
How safe his
fallen Head
her Disheveled
In Sanctity –
Above him
is the sky –
~~Beneath~~
Oblivion bending
over him

enfolding him
[illegible]
[illegible]
gaze –

And
Honor
leagues
away –

A 391

The Ditch is dear to the Drunken man
For is it not his Bed – his Advocate – his Edifice –
How safe his fallen Head
In her disheveled Sanctity –
Above him is the sky –
Oblivion bending over him
And Honor leagues away –

A 391

水沟是亲切的对醉汉而言
因为那不是他的床－他的律师－他的华厦－
他倒下的头多安全
在她脏乱的神圣里－
他上方只有高天－
遗忘俯身罩着他
荣誉离他而去－

A 391

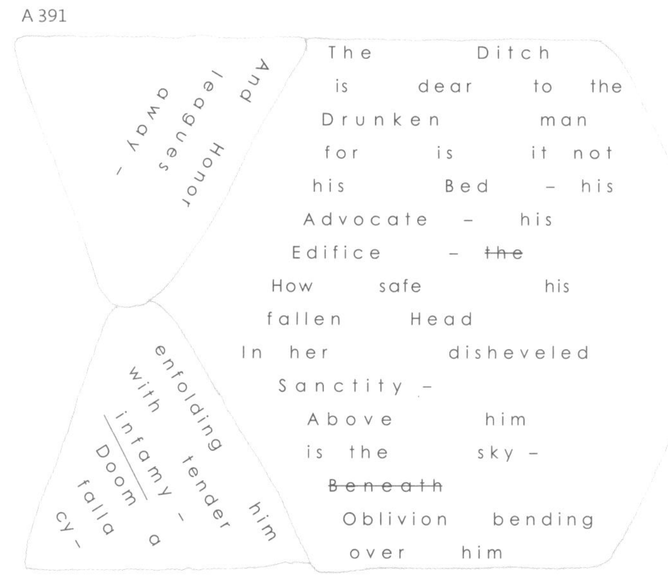


文本注释：
左侧有两个三角形信舌，提供了结尾句和异文：
上：And Honor leagues away –（荣誉离他而去－）。
下：enfolding him with tender infamy – / Doom a fallacy –（包裹着他以温柔的恶名－ / 注定是一场虚幻－）。

A 394

The fairest Home I ever knew
Was founded in an Hour
By Parties also that I knew
A spider and a Flower –
A manse of mechlin and of Floss – /Gloss – /Sun –

A 394

我所知道的最漂亮的家
不到一个时辰就建成
两位主创者我也知道
一只蜘蛛和一朵花－
一座大宅，梅克林花边和丝线－ / 光泽－ / 太阳－

A 394 / 394a

The fairest Home I ever knew
was founded in an Hour
By Parties also that I knew
A spider and a Flower –
A manse of mechlin and of Floss – Gloss – Sun –

394 the fairest Home I ever
knew
was founded in an Hour
By Parties also that I knew
a spider and a Flower -
a manse of mechlin and
of Floss - Gloss - Sun -

394 a Accept my timid happiness -
no Joy can be in vain -
but [illegible] to some bright
sweet

A 394a

Accept my timid happiness –
no Joy can be in vain
but adds to some bright/sweet
whose dwelling

A 394a

接受我胆怯的幸福吧 –
没有什么快乐会落空
只会增加愉悦 / 甜蜜
它的栖居

A 394 / 394 a

Accept my timid happiness _
no Joy can be in vain
but adds to some bright
sweet
whose dwelling

A 416

The Mushroom is the Elf of Plants –
At Evening it is not –
At morning – in a Truffled Hut
It stop opon a spot
As if it tarried always
And yet its' whole career
Is shorter than a snake's delay
And fleeter than a Tare –

A 416

伞菌是植物的精灵 –
到了夜晚就不见 –
清晨 – 在一间松露小屋
它找到了落脚点
好像它总是拖延
可是它的整个生命
还赶不上一条蛇的迟疑
比稗草还要迅疾 –

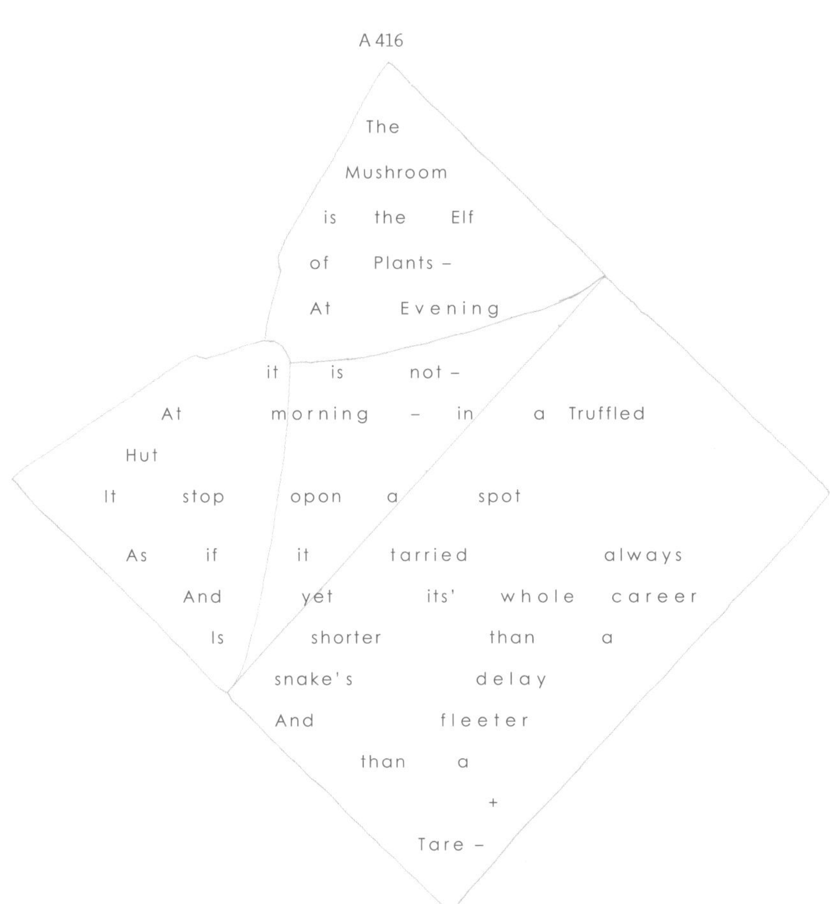

the
Mushroom
is the Elf
of Plants -
At Evening
it is not -
At Morning - in a truffled
Hut
It stop opon a spot
As if it tarried always
And yet it's whole career
Is shorter than a
snake's delay
And fleeter
than a
+
tare -

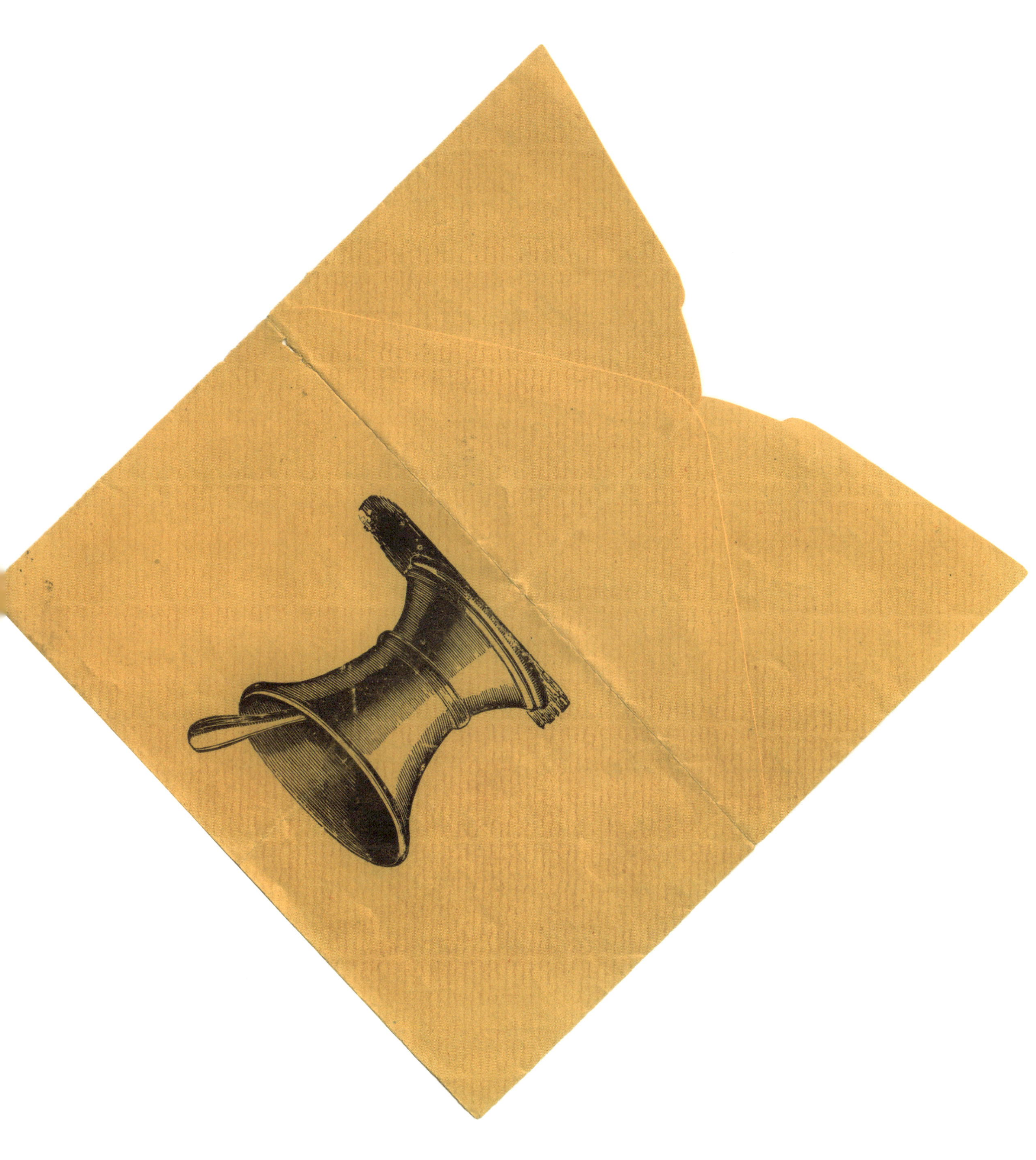

A 438

The Spry Arms of the Wind
If I could crawl between
I have an Errand imminent
To an adjoining Zone –
I should not care to stop,
My Process is not long
The Wind could wait without the Gate
Or stroll the Town among –
To ascertain the House
And is/if the Soul/Soul's at Home/within
And hold the Wick of mine to it
To light, and then return –

A 438

在风儿的强劲的双臂中间
假如我能匍匐前行
我有一个迫切的差事
前往一个毗邻的区域 –
我不该为歇脚操心，
我的行程没有多远
风儿可以在门外等候
或在城里漫游 –
去弄清那座房子
以及灵魂是否在家 / 在里面
握着我的灯芯交给它
点燃，然后返回 –

A 438

The Spry Arms
of the Wind
If I could
crawl between
I have an Errand
imminent
To an adjoining
Zone –
I should not
care to stop,
My Process is
not long

The Wind could
wait without the
Gate
Or stroll the
Town among –
~~Be~~ To ascertain
the House
if soul's
And is the soul
within
at Home
And hold the
Wick of mine to
it
~~The~~ ~~long~~ ~~Arms~~

文本注释：
手稿最后一个句子写在信封的正面，见第 106 页。

438

The Spry Arms
of the Wind
If I could
crawl between
I have an errand
imminent
To an adjoining
Zone -
I should not
care to stop.
My Process is
not long

The Wind could
wait without the
Gate
As should the
Town among.
~~[illegible]~~ To ascertain
the House
And is [if] the Soul [soul]
at [within] Home
And hold the
Wick of mine to
it
~~[illegible] [illegible] [illegible]~~

438a

To light, and
then return.

Miss Emily Dickinson

A 438

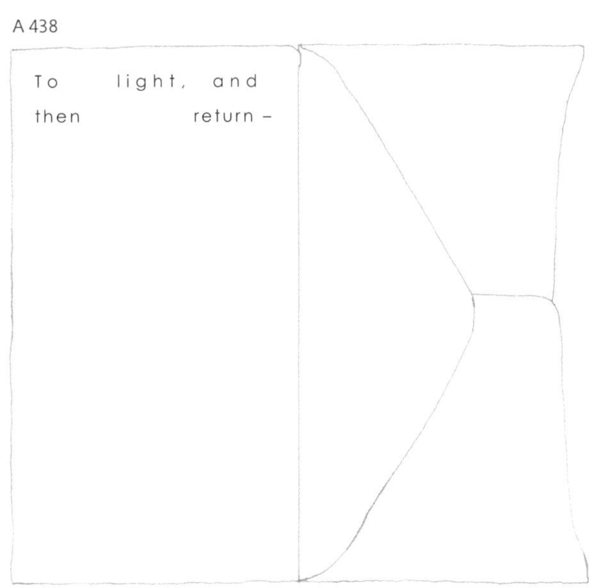

A 449

The vastest Earthly Day
Is shrunken/shrivelled/dwindled small
By one Defaulting Face
Behind a Pall –

A 449

人世间最浩大的日子
收缩 / 萎缩 / 缩减 得那么小
由一张不履行义务的脸
在一块裹尸布后面 –

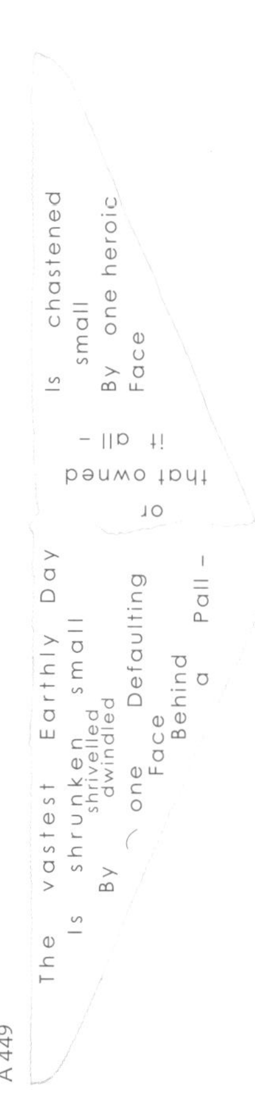

文本注释：
在信舌右侧，诗人留下了若干替换句（其中第一句竖排）：
or that owned it all –（完全拥有它的一）/ Is chastened small（被惩戒得那么小）/ By one heroic Face（被一张英勇的脸）。

449

The vastest Earthly Day
Is shrunken small
shrivelled
dwindled
By one defaulting
Face
Behind
a Pall -

could own
all -
a [illegible]

Is chastened
small
By one heroic
Face

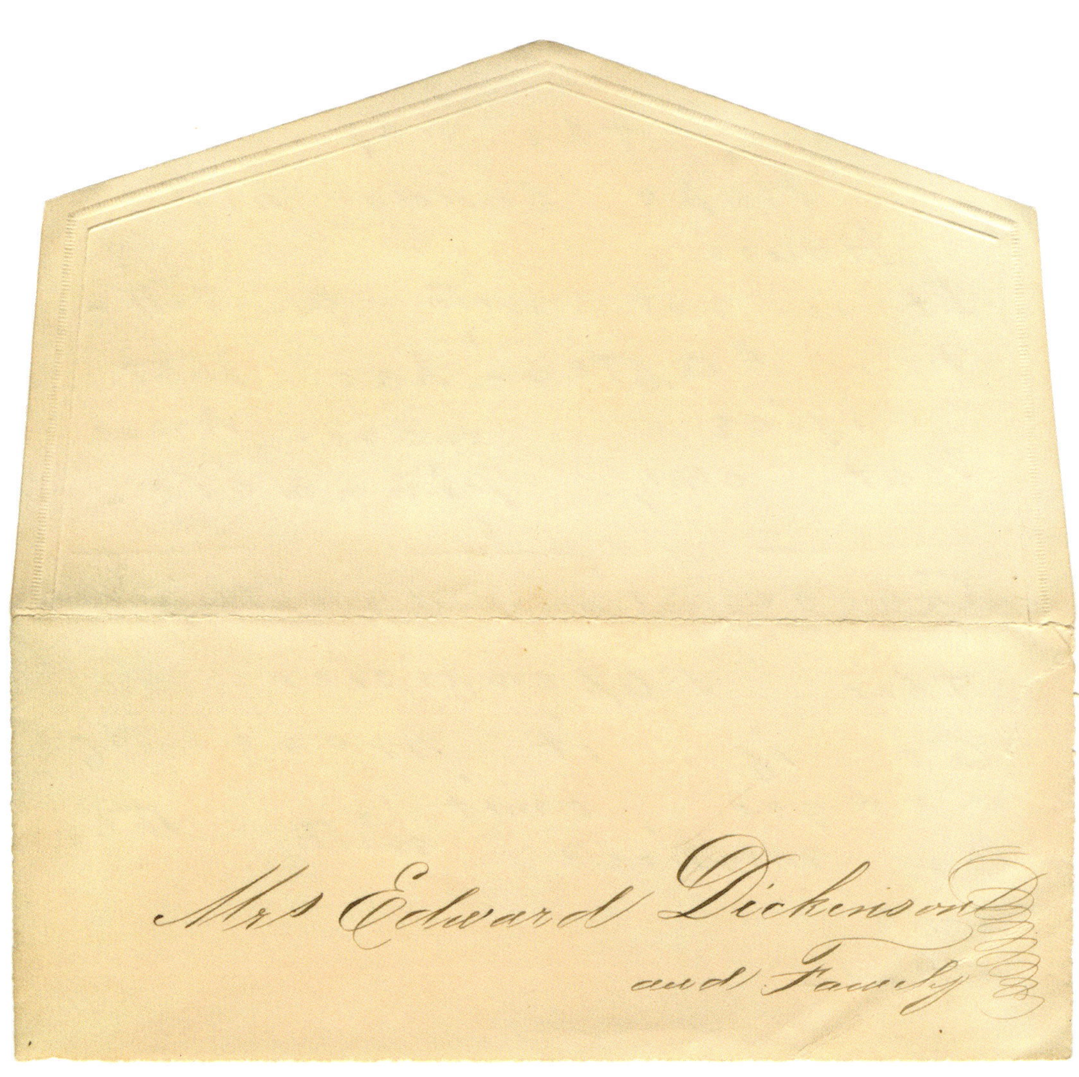
Mrs Edward Dickinson
and Family

the way
Hope builds his
450 House
It is not with a sill -
nor Rafter - + has that
Edifice mars. knows
But only Pinnacle -

---

Abode in as supreme
this superficies
As if it were of
Ledges smit
Or mortised with the
And
Laws -

A 450

The way Hope builds his House
It is not with a sill –
Nor Rafter – +has that Edifice
But only Pinnacle –

Abode in as supreme
This Superficies
As if it were of Ledges smit
Or/And mortised with the Laws –

——

+ mars/knows

A 450

“希望”建造他的房屋
不用基石 –
也没有椽子 – +这华厦
只有尖顶 –

住在这里俨然至高无上
这表层结构
就好像它从岩脉里打造
或 / 并 以法律榫接而成 –

——

+ 破坏 / 知道

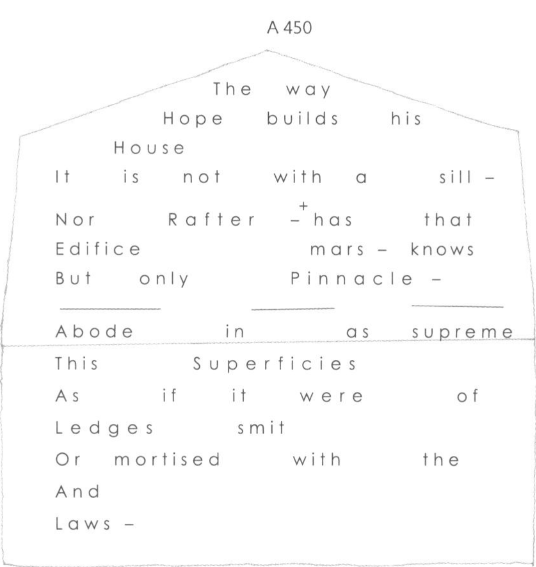

A 463

was never
Frigate li
like

A 463

从没有
舰艇
像

SANFORD & COMPANY
WORCESTER, MASS.
463
was never
Frigate a
like

Hon. Edward Dickinson
Tremont House
Boston
Mass

464

that's
there's the
Battle of Burgoyne -
Over, every Day,
By the time
that Man and
Beast
Put their work
away -
"Sunset" sounds
majestic -
But that solemn
War
Could you
comprehend it
You would
chastened
stare -

A 464

There's/That's the Battle of Burgoyne –
Over, Every Day,
By the Time that Man and Beast
Put their work away –
"Sunset" sounds majestic –
But that solemn War
Could you Comprehend it
You would chastened stare –

A 464

那场伯戈因战役 –
重来，每一天，
当男人和野兽那时
收起他们的工作 –
“夕阳”听起来宏伟壮丽 –
可是那庄严的战争
若是你能领悟它
你会肃然注目 –

A 464

Thats'
There's the
Battle of Burgoyne –
Over, Every Day,
By the Time
that Man and
Beast
Put their work
away –
"Sunset" sounds
majestic –
But that solemn
War
Could you
Comprehend it

You would
chastened
stare –

A 479

Through what transports of Patience
I reached the stolid Bliss
To breathe my Blank without thee
Attest me this and this –
By that bleak Exultation
I won as near as this
Thy privilege of dying
Abbreviate me this

Remit me this and this

A 479

通过何种忍耐之狂喜
我达成这麻木之极乐
呼吸我的空白没有你
为我做证这个和这个 –
经由那凄凉之兴奋
我近乎赢得了这个
你那死亡之特权
缩减我这个

免除我这个和这个

A 479

Through what
transports of
Patience
I reached the
stolid Bliss
To breathe my
Blank without
thee
Attest me this
and this –
By that bleak
Exultation
I won as
near as this
Thy privilege
of dying
Abbreviate me
this
Remit me this
and this

文本注释：
最后一行有可能是替换句，但也可能不是；前面的诗行中没有标注任何小加号，因而无法确认，这里权且按照替换句排印。

A479 Through what
transports of
Patience
I reached the
stolid Bliss
to breathe my
Blank without
thee
Attest me this
and this -
By that bleak
exultation
I won as
near as this
thy privilege
of dying.
Abbreviate me
this
Remit me this
and this

S[illegible]L[illegible]M
NOV
10
MASS.

Miss Emily Dickinson,
Care Hon. Edward Dickinson,
Amherst,
Mass.

A 488

To her derided Home
A Weed of Summer came –
She did not know her station low
Nor ignominy's Name –
Bestowed a Summer long
Upon a fameless Flower –
Then swept as lightly from Disdain
As Lady from her Bower –
The Dandelion's Shield
Is valid as a Star –
The Buttercup's Escutcheon –
Sustains him/her anywhere –

A 488

她被嘲笑的家来了
一株夏天的野草－
她不知道自己地位低微
以及名字不够体面－
一个悠长的夏天被赐予
一朵默默无闻的花－
然后轻盈地远离轻蔑
如主妇离开她的卧房－
蒲公英的盾甲
如星辰正当合法－
金盏花的纹饰盾牌－
随处支持他 / 她－

A 488

To her
derided Home
A Weed of
Summer came –
She did not
know her
station low
Nor ignominy's
Name –
Bestowed a
Summer long
Upon a fameless
Flower –
Then swept
as lightly
from Disdain
As Lady from
her Bower –
The Dande-
lion's Shield
Is valid as
a Star –
the Buttercup's
Escutcheon –
Sustains him/her anywhere –

文本注释：
手稿左右两侧的文字互相颠倒，最后一个句子见中缝处。最后两个句子的替换句写在纸张的另一面："Leontodon's Escutcheon / Sustains him anywhere –"（狮齿菊的纹饰盾牌 / 随处支持他－），见第 126 页。

97

To her
derided Home
A Weed of
Summer came.
She did not
know her
station low
Nor Ignominy's
Name.
Bestowed a
Summer long
Upon a fameless
Flower.
then swept
as lightly
from Disdain
As Lady from
her Bower.
the Dande-
lion's Shield
Is valid as
a Star.
the Buttercups
Escutscheon.

sustains him anywhere.
her

488

Leontodon's
Escutcheon
Sustains him
anywhere.

A 488

L e o n t o d o n ' s

E s c u t c h e o n

S u s t a i n s  h i m

a n y w h e r e –

A 496

Tried always and Condemned by thee
Permit/allow – /bestow – me this reprieve
That dying I may earn the look/gaze
For which I cease to live –

A 497

Lives he in any other world
My faith cannot reply
Before it was imperative
Twas all distinct to me –

all was distinct

A 496

一直由你审讯和定罪
获准 / 准许 – / 授予 – 我这一种死缓
赴死之际赢得那观看 / 凝视
为此我停止生命 –

A 497

他是否活在另一个世界
我的信仰无法答复
若是面对紧要情况
我则清清楚楚 –

一切清清楚楚

A 496 / 497

Tried always
and Condem
ned by thee
Permit me
this reprieve
allow –
bestow – +
That dying
may earn
the look
+I
Lives he in any
other world
my faith cannot
reply
Befo re it was
imperative
t was all
distinct to
me –
All was
distinct

文本注释：
诗行按照三角形页面分别朝三个方向书写。第一首诗的替换词之一和结尾句见信封背面：“gaze | for which I cease to live –”（凝视 | 为此我停止生命—），见第 130 页。

496

tried always
and Condem
ned by thee
Permit me
this reprieve
allow—
Lest en— + dying
that
may earn
the look

497

+ Lives he in any
other world
My faith cannot
reply
Before it was
imperative
+ was all
distinct to
me —
all was
distinct

496a

gave
for which
I cease to
live –

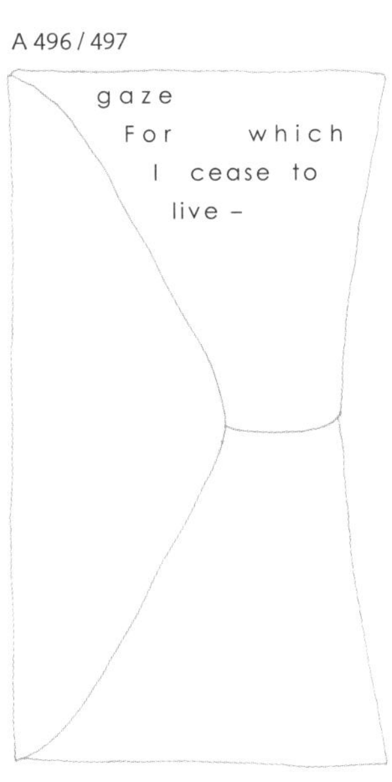
A 496 / 497
gaze
For which
I cease to
live –

A 499

'Twas later when the summer went
Than when the Cricket came –
+And yet we knew that gentle Clock
Meant nought but Going Home –
'Twas sooner when the Cricket went
Than when the Winter came
Yet that pathetic Pendulum
Keeps Esoteric Time

A 499

早在夏天离去之前
蟋蟀既已来到 –
+可我们知道那柔和的时钟
不过意味着归家 –
当蟋蟀早已离去
冬天尚未出现
可那哀婉的钟摆
信守神秘的时间

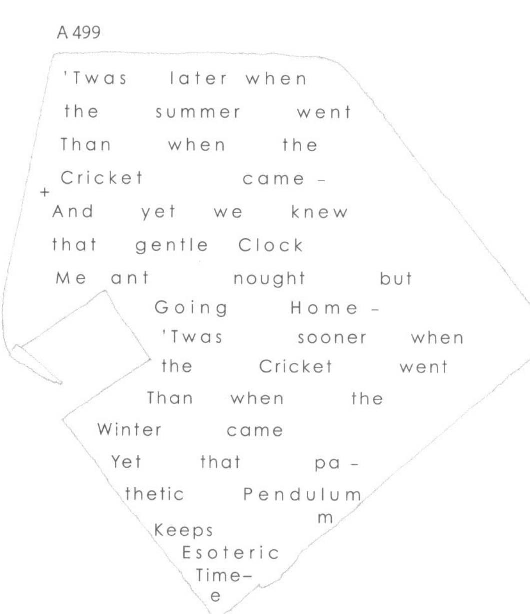

'twas later when
the summer went
than when the
Cricket came -
+ And yet we knew
that gentle Clock
meant nought but
going Home -
'twas sooner when
499
the Cricket went
than when the
Winter came
Yet that pa-
thetic Pendulum
m
keeps
Esoteric
time
e

SAMUEL BOWLES
SPRINGFIELD, MASS.

Miss Emily Dickinson
Amherst
Mass.
PHILADELPHIA
NOV
24
10AM
PA.
102

514

We
talked with
each other
about each
other
though neither
of us spoke –
We were + too
engrossed with
the Second's Races
and the Hoofs of
the Clock –
Pausing in front
of our + sentenced
faces
time's decision
shook –
arks of Reprieve
he opened
to us –
Ararats –
we took –

+ were
listening
to the

+ foundering
faces

time compas
sion took

102

A 514

We talked with each other about each other
Though neither of us spoke –
We were + too engrossed with the Second's Races
And the Hoofs of the Clock –
Pausing in front of our + Sentenced Faces
Time's Decision shook –
Arks of Reprieve he opened to us –
Ararats – We took –

——

+ were listening to the
+ Foundering Faces
Time compassion Took

A 514

我们彼此交谈关于彼此
虽然我们谁也没言语－
我们 + 全神贯注于秒针的赛跑
和时钟的马蹄－

停在我们 + 被判决的面孔前
时间的决定动摇了－
他为我们开启了缓刑的方舟－
亚拉腊山－我们上船－

——

+ 倾听
+ 瘫痪的面孔
时间怜悯了

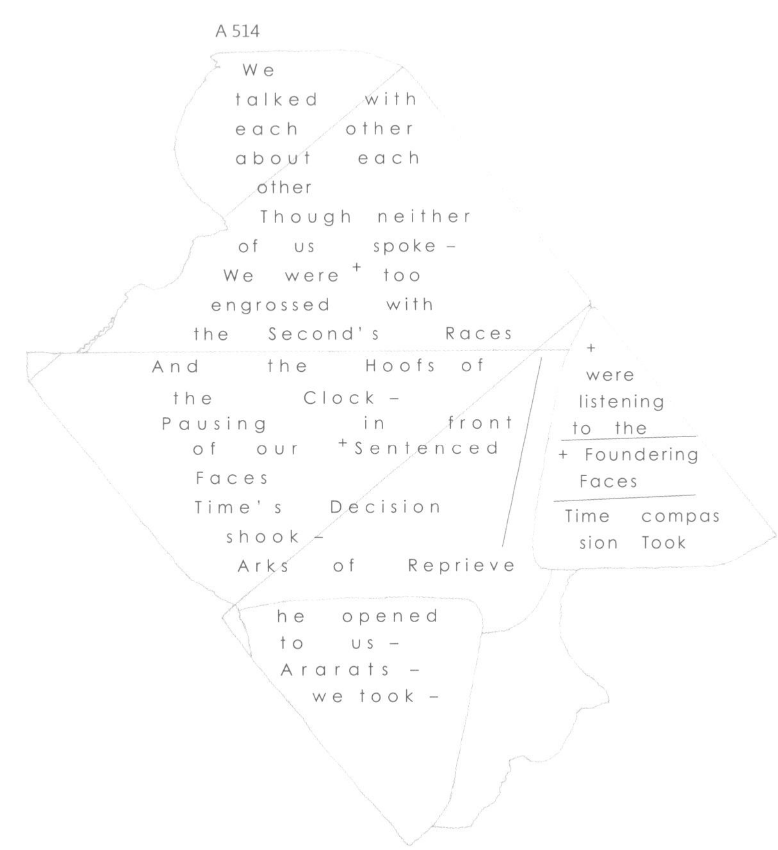


文本注释：
手稿右侧以横线隔开的三个短语明显都是替换词，其中第三个似无与之对应的小加号，不过我们可以推断被替换的是“Time's Decision shook –”（时间的决定动摇了－）。

A 531

Without a smile – Without a Throe
+A Summer's soft Assemblies go
To their entrancing end
Unknown – for all the times we met –
Estranged, however intimate –
What a dissembling Friend –

+ Do – our –
Nature's soft

A 531

没有一个微笑 – 没有一丝苦痛
+一个夏日的那些温柔的集会
步入它们迷人的尾声
互不相识 – 即便我们一再相遇 –
彼此陌生，无论如何亲密 –
一位何等讳莫如深的朋友 –

+ 做 – 我们的 –
自然的温柔

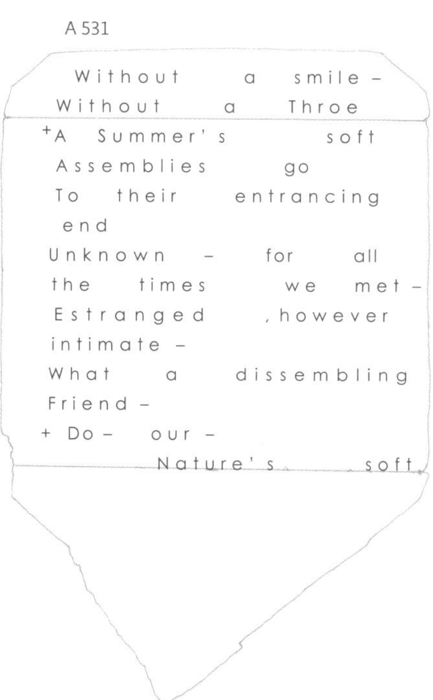


文本注释：
结尾附加的替换词“Do – our –”（做 – 我们的 –），难以判定其确指。

531 Without a smile -
Without a throe
\+ A Summer's soft
Assemblies go
to their entrancing
end
Unknown - for all
the times we met -
Estranged, however
intimate -
What a dissembling
friend -
\+ No - our -
Nature's soft

Mr. & Mrs. Edward Dickinson

A 539

Which – has the
wisest men
Undone –
Doubt has
the
wisest

A 539

那些 –
最明智者
解除 –
怀疑
那些
最明智者

A 539 / 539a

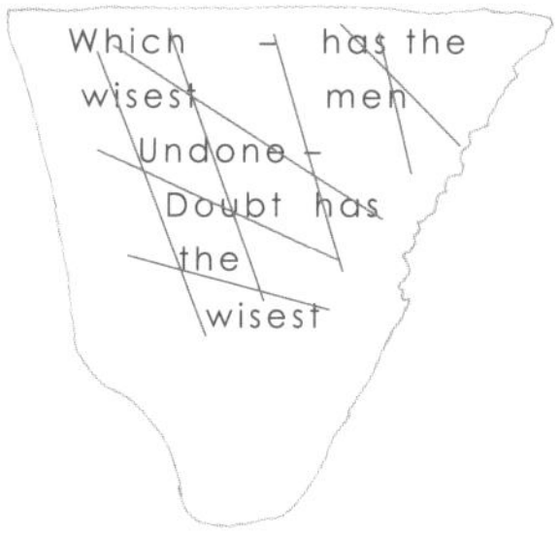

文本注释：
这是一个草稿片断，语句尚不连贯，被全部画掉了。

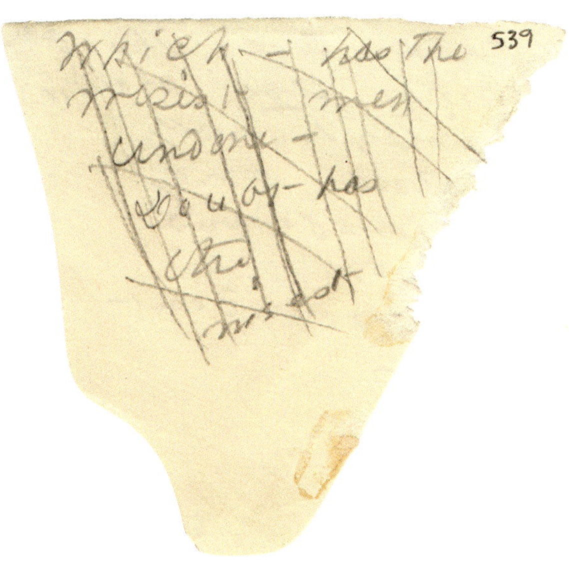

539

Which - has the
mystic - mien
undone -
Soever - has
the
[illegible]

539a

these are those
who are shallow
intentionally
and ones
profound
by
accident

A 539a

There are those
who are shallow
intentionally
and only
profound
by
accident

A 539a

有那么一些
浅薄之人
故意地
偶尔地
深刻一下
纯属
意外

A 539 / 539a

There are those
who are shallow
intentionally
and only
profound
by
accident

A 636

Excuse
Emily and
her Atoms
The North
Star is
of small
fabric
but it
implies
much
presides
yet

A 636

原谅
艾米莉和
她的原子
北极
星是个
小
构件
但它
意味着
很多
主导
然而

A 636 / 636a

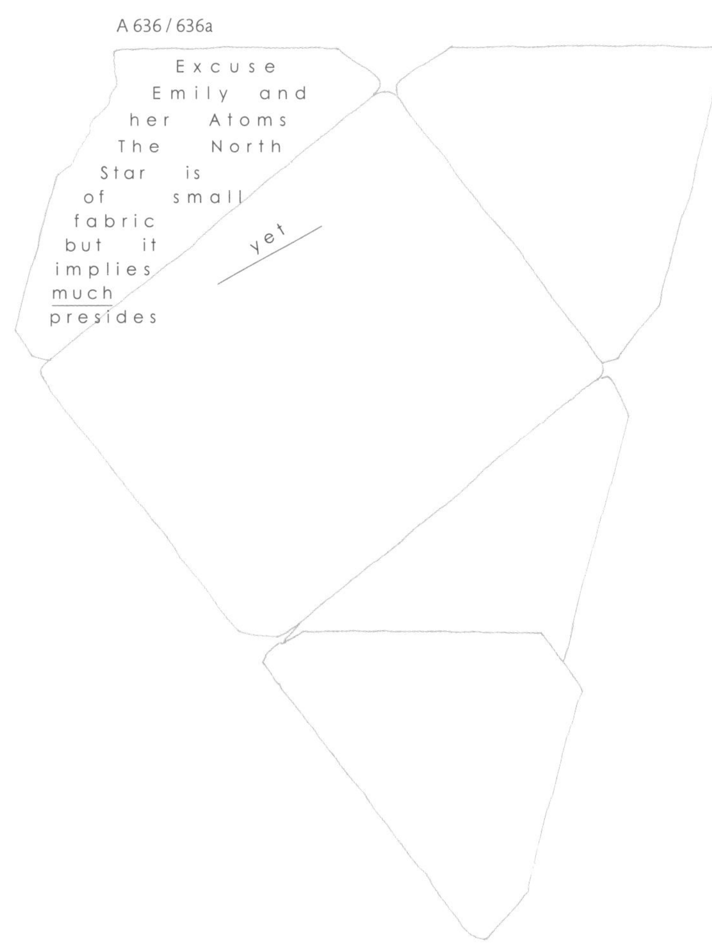


文本注释：
信封的大封面上有一个加下划线的词语："yet"（然而）或 "set"（放置）。它可能是一个替换词，或为 "but"（但）的替换词，也可能与最后一个词语 "presides"（主导）相连，但无法确定。

636

Excuse
Emily and
her Atoms
The North
Star is
of small
fashion
but it
implies
much
presides

Misses
Emily and Vinnie Dickinson
Amherst
Mass

A 636a

Miracle
A Firmament for all
A miracle for all
denotes
Cordial is the

A 636a

奇迹
一个苍穹，为全体
一个奇迹为全体
意味着
诚挚的

A 636 / 636a

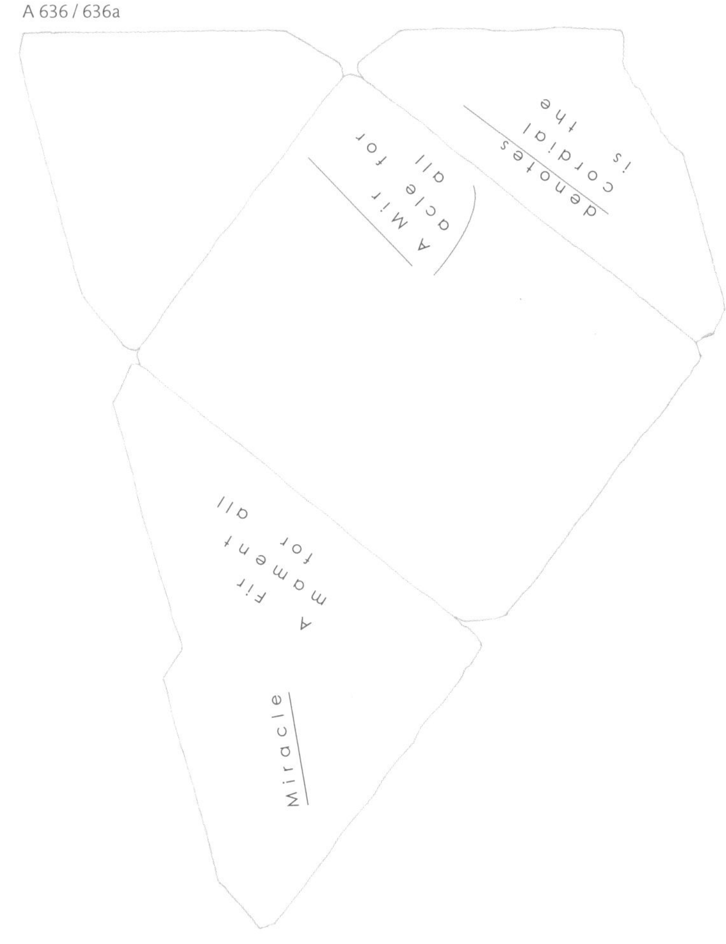


文本注释：
这个信封页面和信舌及正面中的零零散散的词语很可能是 A 332“没有任何生命离世而不沾浮华—”（见第 74 页）的片断。

A 636 / 636a

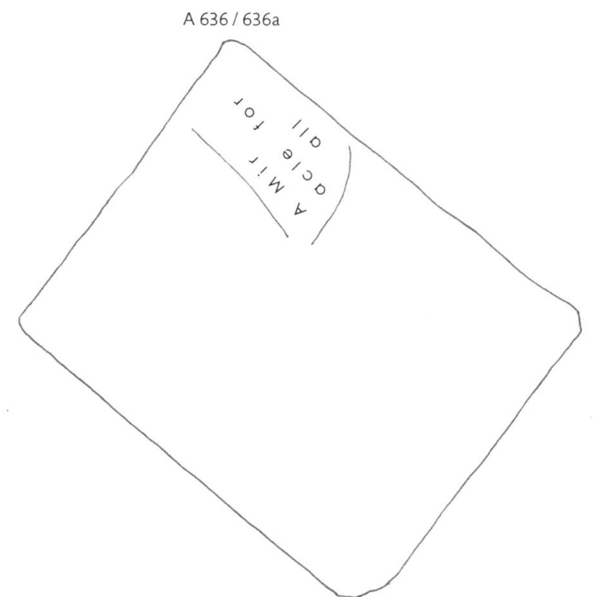

Misses
Emily and Vinnie Dickinson
Amherst
Mass

A 636 / 636a

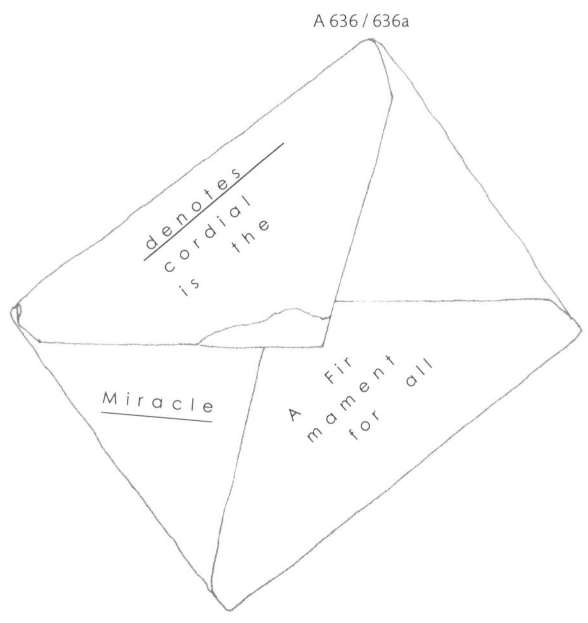

A 758

Thank you for
Knowing I did
not spurn it,
because it was
true – I did not –
I denied/refused what Mr
Erskine said not
from detected feeling
but of myself
it was not true –
I can not suppose
not of others

A 758

谢谢你
知道我没
有藐视它
因为这是
真的－我没有－
我否定 / 拒绝 了厄斯金
先生所说的不是
出于被察觉的感情
而是出于我自己
这不是真的－
我无法假定
非关他人

A 758 / 758a

Thank you for
Knowing I did
not spurn it,
because it was
true – I did not –
refused
I denied what Mr
Erskine said not
from detected feeling
but of myself
it was not true –
I ~~can not~~ suppose
not of others

文本注释：
这个片断既像一段独白又像一个便条，难以断行。倒数第二行中的“can not”（无法）似乎被画掉了，但难以确定。

758

thank you for
knowing I did
not spurn it
because it was
true I disowned did not
I denied what Mr
said not
Erskine deluded feeling
from of myself
out not true
it was not I supposed
I ~~can~~ not of others

758a

It is god to be
with you because
near you – to
I love make a
nature catch
dislike them as I do not
as tonight happy,
know – the you
would image I have
like a [illegible]
[illegible] cory [illegible]

A 758a

It is joy to be
with/near you because
I love you – if
nature makes a
distinction as late
as tonight I do not
know – the happy
trouble toward you
like a sigh I have
till long

A 758a

跟你在一起 / 在你身边
是快乐的因为
我爱你－ 如果
自然创造了一种
差别迟至
今晚我并不
知晓－幸福的
麻烦朝向你
像一声叹息我
直到很久

A 758 / 758a

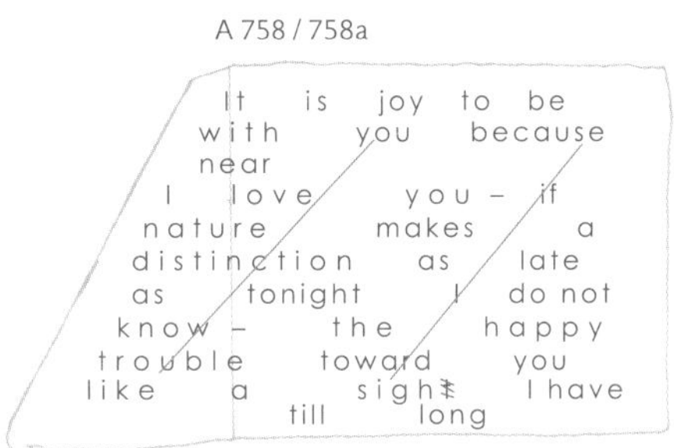

文本注释：
这个片断像一段独白又像一个便条，被两条斜线画去。

A 821

Clogged
only with
Music, like
the wheels of
Birds
Afternoon and
the west and
the gorgeouse
nothings
which
compose
the
sunset keep
their high
appoint
ment

A 821

充塞其间
唯有
音乐，如
鸟儿的
车轮
下午和
西方以及
绚烂的
空无
组成
夕阳
保持
它们
高高的
约
定

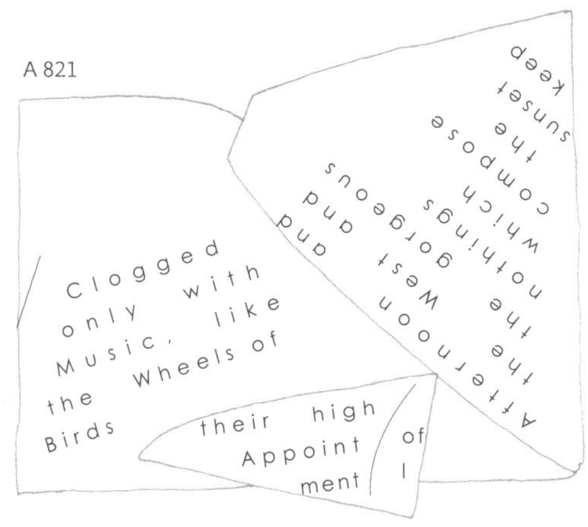


文本注释：
信舌的右侧还有少许字迹，可能是“of”（……的）和小短线，难以确认。关于这份手稿的发现和释读，详见本书所收的玛尔塔·沃纳的文章《逃脱路线：狄金森的信封诗》。

821

Clogged with
only
music like
the wheels of
Birds

821a
Their high
appoint-
ment

After noon
and the West
and the Gorgeous
nothings
which compose
the sunset
keep

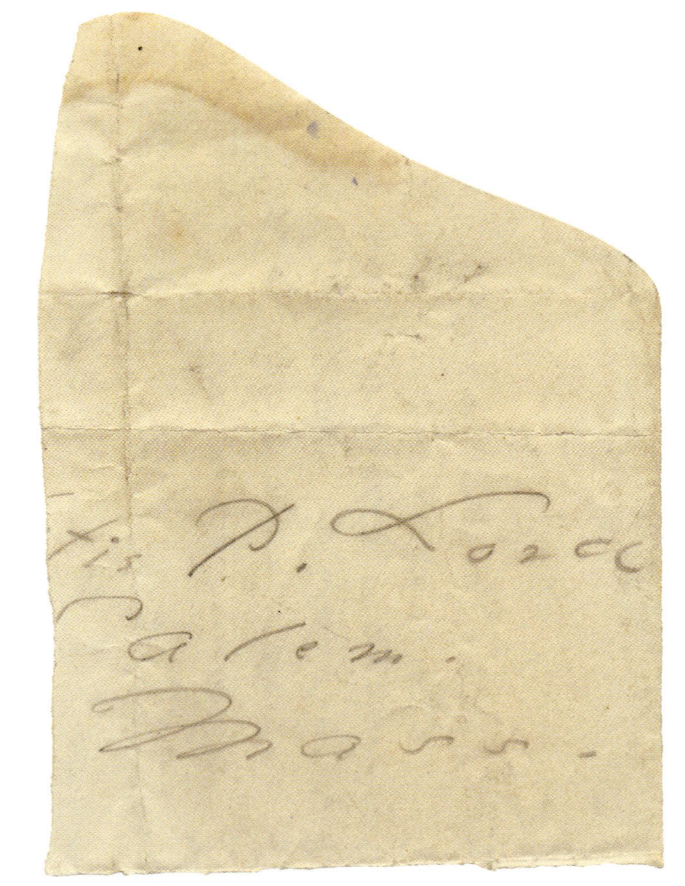
tis P. Lorc
Salem.
Mass.

As there are
Apartments in our
own Minds that -
we never enter
without Apology -
we should respect
the seals of
others -

A 842

As there are
Apartments in our
own Minds that –
we never enter
without Apology –
we should respect
the seals of
others –

A 842

正如在我们
自己的心灵里
有些套间 –
我们从不进入
除非道歉 –
我们应当尊重
他人的
封条 –

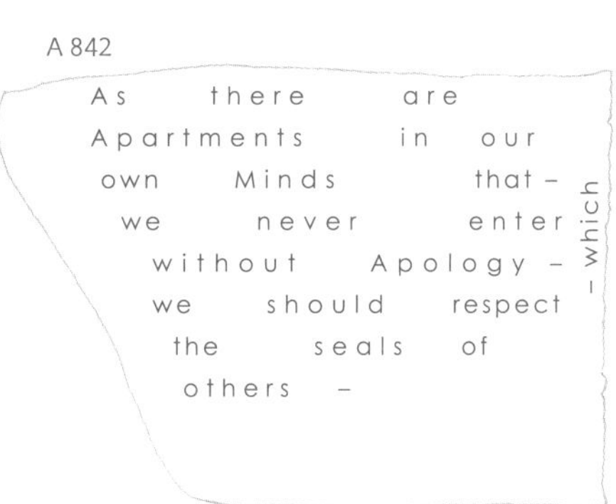


文本注释：
手稿页面右侧的“which”，可能是第三行“that”的替换词。

A 843

But are not
all Facts Dreams
as soon as
we put
them behind
us –

A 843

可是难道不是
所有事实皆梦幻
一旦
我们将它们
置于我们
身后 –

A 843

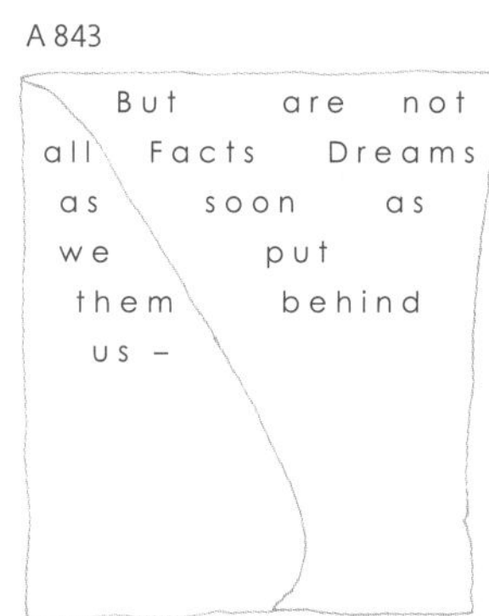

848 But are not
all Facts Dreams
as soon as
we put
them behind
us -

844 But ought not the Amanuensis ~~also~~ to receive a Commission also.

A 844

But ought not the
Amanuensis to
receive a Commission also –

A 844

难道不应该
让抄写员
也收取一点服务费－

A 844

But ought not the
Amanuensis ~~also~~ to
receive a Commission also –

A 857

I never saw
Mrs Jackson
but twice, but
those twice are
indelible, and
one day more
I am deified
was the only
impressions she
Ever left on
Any House/Heart
she entered –

A 857

我只见过
杰克逊夫人
两次，但
那两次是
不可磨灭的，
再多一天
我就被奉为神祇
是她留在
她曾进入的
任何房屋的 / 心灵的
唯一印象 –

A 857

I never saw
Mrs Jackson
but twice ,but
those twice are
indelible, and
one Day more
I am deified
was the only
impression she
Ever left on
Any House
Heart
she entered –

文本注释：
关于这则短笺的创作和归属，详见本书所收的玛尔塔·沃纳的文章《逃脱路线：狄金森的信封诗》。

857

I never saw
Mrs Jackson
but twice, but
those twice are
indelible, and
one Day more
I am deified
was the only
impression she
ever left on
any House
Heart
she entered –

857
a

Helen of Troy
will die, but
Helen of Colorado
never.
Dear friend, can
you mail to
me the last
words that
I wrote her.
Dear friend I
can fly — her
immortal —
soaring sept.

414

A 857a

Helen of Troy
will die, but
Helen of Colorado
never
Dear friend, can
you walk
were the last
words that
I wrote her –
Dear friend I
can fly – her
immortal
soaring reply –

A 857a

特洛伊的海伦
会死去，但是
科罗拉多的海伦
永远不死
亲爱的朋友，你可以
行走了吗
是我写给她的
最后的话－
亲爱的朋友
我可以飞－她的
不朽的
翱翔的回复－

A 857a

Helen of Troy
will die, but
Helen of Colorado
never
Dear friend, can
you walk
were the last
words that
I wrote her –
Dear friend I
can fly – her
immortal
soaring reply –

文本注释：
关于这则短笺的创作和归属，详见本书所收的玛尔塔·沃纳的文章《逃脱路线：狄金森的信封诗》。

A 865

Not to send
errands by John
Alden is
one of the
instructions
of
History –

A 865

不要被
约翰 · 奥尔登
派去当差
是一条
历史
的
指令 –

A 865

Not to send
errands by John
Alden is
one of the
instructions
of
History –

865 not to send
errands by John
Alden is
one of the
instructions
of
History –

Eternity will
be
Velocity or Pause
Precisely as
the Candidate
Preliminary
was –
Character

H B 3

Eternity will
be
Velocity or Pause
Precisely as
the Candidate
Preliminary
was –
Character

H B 3

永恒会

是

速度还是停顿

恰如

候选人

预定之选

就是－

角色

HB3

Eternity will
be
Velocity or Pause
Precisely as
the Candidate
Preliminary
was –
Character

# 逃脱路线：狄金森的信封诗

玛尔塔·沃纳

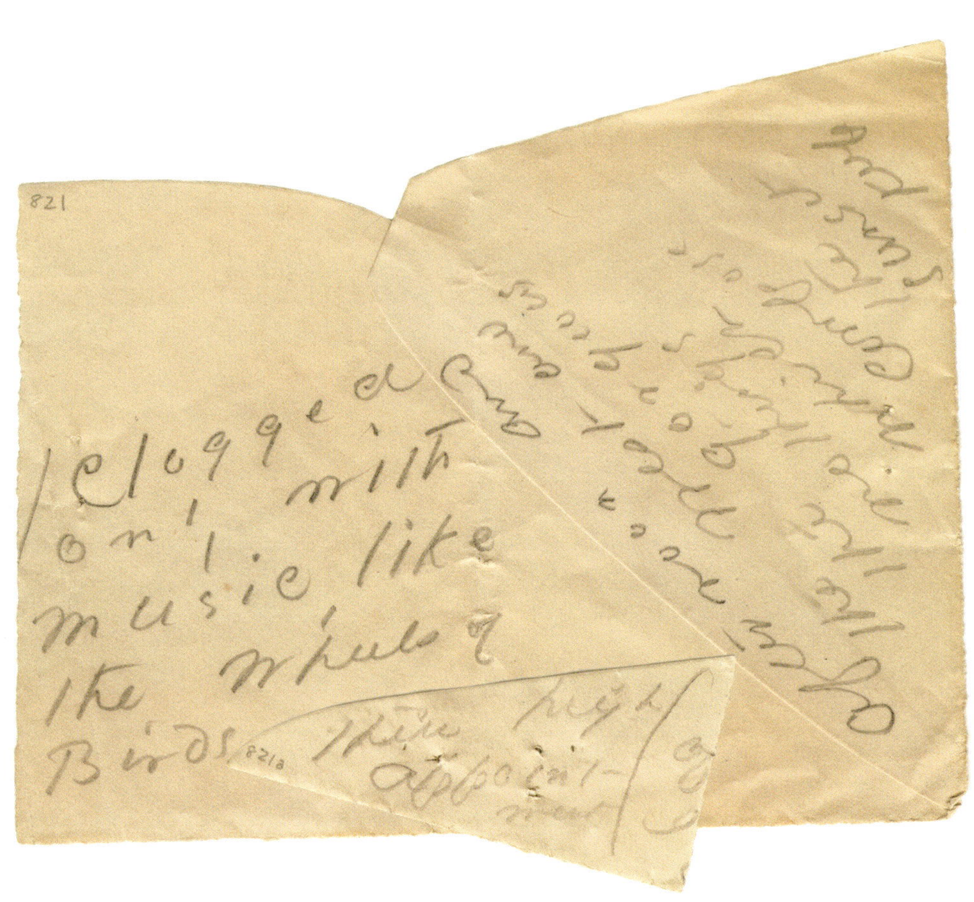


A 821，“充塞其间｜唯有｜音乐，如｜鸟儿的｜车轮”

# I
# “鸟儿的车轮”[1]

《瓦尔特·本雅明档案》的编者写道：“只要让其中的一件发出声音，全部档案就会随之开启。以示范性的一件为开端，它俨然自行敞开了那条通向思想的路径。[由此诞生出]一组又一组档案。”[2] 在狄金森的最后一批作品中，确实有一篇示范性的手稿。它构成了一种端口文本（exit text），除了一个目录编号 A 821 之外，一切尚未确认。这篇文本作于 1885 年早春时节，或许一挥而就，只用了几分钟，甚至几秒钟；其中一行重复出现，略有变化。它被写在狄金森给海伦·亨特·杰克逊（Helen Hunt Jackson）的一封信里，这封信共有 3 份完好的草稿，大约写于三月份，但显然从未定稿，亦未寄出。在托马斯·约翰逊和西奥多拉·沃德合编的《狄金森书信集》里，这首信封诗作为一条脚注，附在那些书信草稿之后。不过，其创作时间及来源出处，均未确认。

我是偶然发现它的，在阿默斯特学院图书馆，它从一个无酸纸信封中掉出来（或是生出来？）。若是我当时没有把它轻轻地拿在手上，我绝不会对它的装置方式心生疑窦。它因简洁和直接而置身于常规类型之外，可是，它与戴维·波特所命名的那种“小而易碎的无限”（small, rickety infinitudes）有一种惊人的相近性。[3]

请在这里看看它吧，在页面上飞翔，与光明较量。

1　这一则狄金森手稿片断 A 821，现收藏于阿默斯特学院图书馆特藏部。相关出版信息，参见 *Letters* 1958, L 976n；以及 *RS* 1999–2010（http://libxml1a.unl.edu/8080/cocoon/radicalscatters/default-login.html）。

2　厄休拉·马克斯（Ursula Marx）等编《瓦尔特·本雅明档案：图像、文本、符号》（*Walter Benjamin's Archive: Images, Texts, Signs*, translated by Esther Leslie [London: Verso, 2007]），第 4 页。

3　戴维·波特（David Porter）：《组装一个诗人和她的诗歌：约瑟夫·康奈尔和艾米莉·狄金森的聚合性极限 – 作品》（“Assembling a Poet and Her Poems: Convergent Limit-Works of Joseph Cornell and Emily Dickinson,” *Word & Image* 10:3 [1994]: 199）。

## 纸翼分类学

A 821是一个突如其来的拼贴，由信封的两部分拼合而成。

其结构原则是经济的，甚至是简朴的。较大的一部分是一个信封封底的内面，写有地址的那一面已被撕去或剪掉了。一条垂直的折痕把它分为两部分，于是，这半片信封就构成了一个简单的双折页面，类似鸟儿错落交叠的双翼，上面的手迹则化身为鸟。起初，它们似乎曾被折叠起来，或许还曾被订在一起；在安静休息的状态下，这份手稿尚未蜕变为一个全然生动的形象。文本的另一部分写在一个未折叠的信舌的三角形一角上；它被标明了编号“821a”。在我发现手稿之初，那里有一枚小小的大头针（后来被拆掉了），为拼贴中的各个部件“强翼”（imp）——这是一个源自专业猎鹰训练的动词，是指把羽毛嫁接到一只鸟的翅膀上，以修复或加强其飞翔能力——以便让较大的信封片断得以同时展开，呈现出隐藏在翅膀上的视觉律动和一个模糊的信息：气流的瞬间汇聚。

右翼，诗行向斜上方倾斜（伸入西方）：

Afternoon and | the west and | the gorgeous | nothings | which | compose | the | sunset | keep

下午和 | 西方以及 | 绚烂的 | 空无 | 组成 | 夕阳 | 保持

左翼，诗行向斜对角倾斜（伸入东方）：

Clogged | only with | Music, like | the wheels of | Birds

充塞其间 | 唯有 | 音乐，如 | 鸟儿的 | 车轮

在订上去的小翼上，书写的字迹跃过了裂缝或边缘，可见的与不可见的相遇在这里：

their high | appoint | ment

它们高高的 | 约 | 定

鸟儿的歌唱标记着（有人甚至认为创造着）白昼的开始和结束。[1] 如果我们沿着展开的翅膀的轮廓线从左向右阅读，A 821 似乎记录了白昼遁入夜晚的时刻。可是，翅膀的语法（句法）是断裂的。两片相对的翅膀上的笔迹略有差异，这说明两段文本是在不同的时机下创作的；而且，在每一片翅膀上，书写，带着速度，冲向不同的方向。当我们尝试接近其文本，尝试回答我们抵达了何处这个问题时，我们就必须进入一种与片断之间的意向性关系，将其逐点旋转，就像旋转一只罗盘或风车——像思想的轮子。360 度。当我们旋转 A 821，同时确定方向并分散方向，那么，昼与夜（词语带着呼呼的风声）几乎在迷失的空间里冲撞交叠，越出那些标记着信封上分叉点的浅浅的缝隙，然后在视与听的通感中飞散而去。

## 重力场
### “快乐 | 和万有引力 | 各有各的 | 方式 –” [2]

可以把狄金森晚期的狂喜之作描述为这样一种体验：从一种情境瞬时移动到另一种全然不同的情境。A 821 / 821a 的文本状态是一种“逃遁的”或“放逐的”状态，它不仅与其超类别的特质相关，还关系到在文本之间和文本之内的迁移，并最终关系到超脱于一切文本之外的生存能力，这样或那样的文本不过是其暂时的寄寓之所而已。

即便是在书信草稿（起初似乎回收并掌控了这个抒情诗片断）的缝隙内部，

1　参见伦纳德 · 勒特韦克（Leonard Lutwack）《文学中的鸟》（*Birds in Literature* [Gainesville, FL: University of Florida Press, 1994]）。

2　这行诗取自另外一个手稿片断（A 871），见狄金森遗稿，现收藏于阿默斯特学院图书馆特藏部。关于出版文献，见 *Letters* 1958，PF44，以及 *RS* 1999–2010。

A 821 同样标记着那位抄写者的介入，在直接的同时亦是外来的声音之间滑动，把散文变回了诗歌。不过，A 821 / 821a 的这种奇特的振动流起初来自一次交错的通信：海伦 · 亨特 · 杰克逊于 1885 年 2 月寄给狄金森一封信，信中提到她因一条腿骨折而卧病已久，狄金森于当年 3 月做出了滞后的回应。

圣塔莫尼卡 | 加州 | 海边 |1885 年 2 月 3 日

我亲爱的狄金森小姐，

打心眼里谢谢您的扇子。令人唏嘘感叹，多么小啊 – 可怜的心灵 – 它们怎么想出来的，竟做出如此小巧的玩意。– 我会时不时戴在身上，好比胸脯上的一片树叶。–

收到您的信时我身在洛杉矶，我在这里已经两个月出头了。– 晒太阳，并尝试着站立起来。– 我本来指望此时我能扔掉拐杖，甚至可以去纽约度过余下的冬日呢 – 可我大失所望了。这条骨折的腿现在可以靠拐棍行走了，不过，因为完好的那条腿长期承受双重负担，过度紧张，变得顽固起来，拒绝再次运转，一瘸一拐，简直不成样子，& 我恐怕它已是精疲力竭了 – 可能需要几个月才能恢复。– 这情形让我异常恼火；– 但又不敢抱怨，担心会有更糟的事临头：& 假如我当初抱怨过，我就是咎由自取，– 其实我现在相当不错 – 每天下午都乘一辆敞篷马车出去兜风，一路上云雀歌唱 & 鲜花灿烂：事事照常，并无妨碍 – 除了不能走路！ – 假如我就此不再走路，仍不会改变这个事实 – 我已经用我的两条腿出色地完成了半个多世纪的快步走 – 就算到了那个地步，我想我也不会愤愤不平。– 我已用两条腿完成了那么多事，恐怕像我这样的人并不太多吧！ –

圣莫尼卡是一个迷人的海滨村镇，– 距洛杉矶仅 18 英里[1]，– 真算得上我生平见过的最美的海滨了：整个冬天，海边峭壁绿意葱茏，一直绿到尖顶，

1　英制单位，1 英里约为 1.61 公里。——译者注

鲜花簇簇，群鸟啾啾。－南加州冬日的气候近乎完美，比这更完美的事物这世上恐怕也找不到几件了吧。－足够凉快，刚好早晚之际可以点上火炉：但又足够暖和，让鲜花从早到晚始终可以留在户外，－野草和大麦已经高达数寸了，有些庄稼“义勇军”已经冒出头了。－我写信之时－（早餐前，在床上，）遥望着远方，一直望到日本－越过银色的海洋－我的前景是一小片高高的草丛，还有锦葵和一排桉树，高达七八十尺：－还有阵阵朱顶雀的咯咯鸣叫。

在此地搜寻印第安人的遗迹，特别是那些用石头磨制的研钵或碗，以及那种坚硬的用来砸开橡树子的石杵，我找到了两个墨西哥妇女，名叫拉蒙娜，从她们那里我买到了印第安研钵。

我希望你一切都好－并且工作不息－但愿此刻，已到这个时候了，我能知道你的手稿册里究竟藏着什么。

你的永远诚挚的

海伦·杰克逊[1]

通信联络植根于且受制于时间。狄金森收到朋友的信，准备写回信。她写了几份草稿，它们均得以保留，由约翰逊编订为以下两份：

致海伦·亨特·杰克逊　　1885年3月

草稿 No.1

亲爱的朋友－

我责备我的步子，为了你的，不由自主，即便从“主所爱的，他必管教”

1　*Letters* 1958，L 976a。

里，也找不到安慰，你的英勇令我惊叹。不过是一只小黄蜂，治疗蜇伤的法国医生说，可是，死亡的勇气有时被扣押了，尽管只有你懂得什么是步子。

拿走一切，仅留给我狂喜
我仍富足，胜过我的所有同辈。
竟是我如此富有地栖居着，
当那些贪求的占有者在我的门前，
陷入赤贫？

你在早餐前眺望“日本”，这一点儿也不让我吃惊，充塞其间，唯有音乐，如鸟儿的车轮。

谢谢你祝我安好。三月，宣言的三月，谁会生病呢？在我的午后剧场，雪橇铃铛和松鸡在相互较量，北方投降，而不是南方，与军号相反。

不过，请可怜我吧，我已读完了《拉蒙娜》。

简直就像莎士比亚，刚刚出版！若是我知道如何祈祷，我会情不自禁为你的步子求情－可我是个异教徒－

对上帝我们有一个请求，
但愿我们能被原谅－

草稿 No.2

亲爱的朋友－

我责备我的步子，为了你的，不由自主，即便从“他必管教”里，也不过找到一点贫弱的安慰，你的英勇令我惊叹。不过是一只小黄蜂，治疗蜇伤的法国医生说，可是，[　　]懂得什么是步子。

拿走一切，仅留给我狂喜
我仍富足，胜过[　　]

死亡的勇气有时被扣押了，尽管只有你[　　]懂得什么是步子。

拿走一切，仅留给我狂喜，
我仍富足，胜过我的所有同辈。
竟是我如此富有地栖居着，
当那些贪求的占有者在我的门前，
陷入赤贫。

但死亡的勇气有时被扣押了。

你早餐时眺望“日本”，这一点儿也不让我吃惊，充盈其间，唯有音乐，如鸟儿的甲板。谢谢你祝我安好。三月，宣言的三月，谁会生病呢？在我的午后剧场，雪橇铃铛和松鸡相互较量，北方投降，而不是南方，与军号相反。不过，请可怜我吧，我已读完了《拉蒙娜》。

简直就像莎士比亚，刚刚出版！若是我知道如何祈祷，我会情不自禁为你的步子求情，可我是个异教徒。

对上帝我们有一个请求，
但愿我们能被原谅－
至于我们有什么罪，想必他知道－
却藏着，不让我们明了－
整个一生都被囚禁
在一个神奇的监牢
我们谴责这样的幸福
简直可与天堂较量－

我能再次了解，你被拯救了吗？

你的狄金森[1]

狄金森一直在写。她甚至在一份草稿上签了名。或许她即将准备好将定稿放入信封，尽快寄出去了。可就在她准备就绪之际，忽见报刊上登出了杰克逊过世的消息。狄金森如此认真地回复着杰克逊的清晨来函，而她的回复就此抵达终点，隐没于那位收件人的暗夜之中。[2]

与严格意义上的信不同，一则无限处于妊娠状态的关于疾病和死亡的叙述，因为无期限而没有标注日期的诗稿片断，就是一处极端时间性的场所。

在早期神秘意象的视觉语言学中，以及与伊甸园相关的形而上学的表述中，翅膀 / 车轮作为能值符号，意味着非物质性，也就是不受万有引力束缚的身体。翅膀 / 车轮能在时间与永恒之间沟通。[3]通过在一个空白的、没有地址的信封的背面（因而不再是一则信息的载体，而是信息本身）写下这个片断（A 821 / 821a），狄金森创造出一种飞翔的模板，这也是她迟到的、对位式交流的象征，其中，"抵达"就是"出发"的另一个名称。

进一步细致考察 A 821 / 821a 的实物，可以发现其余的两对针孔，一对在左翼的边缘，一对在右翼边缘。这些小孔或许表明，这个片断曾为别的文本强翼，那文本是在这封信被寄给亨特 · 杰克逊之前或之后写下来的，并可能流通过；同时，这或

---

1 *Letters* 1958，L 976。约翰逊的转写和编订取自诗人留下的 3 份草稿（A 817、A 818、A 819），见狄金森遗稿，现收藏于阿默斯特学院图书馆特藏部。除了这 3 份书信草稿，这一组手稿（A 817—A 822）中还有两个片断（A 820 和 A 822）。关于这一系列档案材料的影印件，见 *RS* 1999–2010。

2 1885 年 8 月 6 日，《春田共和报》刊发了一则消息："据悉，杰克逊女士于旧金山陷入弥留，近四个月来她日渐衰弱。"六天后，8 月 12 日，杰克逊离世。在寄给希金森的一封信里，狄金森写道："在晨报上读到这则消息，我无比震惊，说不出话来－她春天来信，提到她不能走路，但没说她可能会死－您一定知道实情吧。请告诉我这不是真的。一封信是多么危险啊！想着那一颗颗受了打击而一蹶不振的心灵，我几乎不敢抬手，写出姓名和地址。确信您可爱的宅邸里一切安好，于惊恐中，您的学生。"见 *Letters* 1958，L 1007。

3 关于飞翔图像学和象寓符号的详细考察，可参见克莱夫 · 哈特（Clive Hart）《飞翔意象》（*Images of Flight* [Berkeley, CA: University of California Press, 1988]）；以及玛丽娜 · 沃纳（Marina Warner）《内在之眼：超越可见的艺术》（*The Inner Eye: Art Beyond the Visible* [London: National Touring Exhibitions, 1996]）。

许表明，写作易于变化、易于发生这样或那样的背叛。

订上，拆开，再订上，这个片断的动态打碎了信的那种纵深的单一的视角，让文本 / 鸟儿不断飞行在裂为碎片的时间之中，在纯粹变换的“可怕的紧张”[1]之中。A 821 / 821a 或许是一首从散文中碎裂而出的诗歌，一只从三月的星群中飞出的变换时间的鸟儿，一种将速度或精神转化成笔迹的翻译，一支旋即返回发送者的飞镖。对终结或耶稣再生——“它们高高的｜约｜定”——的期盼，或许会因为一枚大头针的掉落而无止境地拖延或逆转。

至少可以说，狄金森早期的装订成册的诗歌通常采用赞美诗的普通格律，这种格律没有保留在这一次晚期的飞翔中。在 A 821 / 821a 中，在一个突然的加速之后，发生了抒情诗电缆的咔嗒断电或短路。以突发的意外和消音代替了旋律和格律：“既非多了音步亦非少了音步，而是一种不可能的格律。”[2] A 821 / 821a 飞到了狄金森作品的最远的边缘，并从这个世界飞了出去。

“不是鸟儿－却遨游在以太－”[3]。

根据邮件包装纸判断，这个文本片断飞行的方向在 1885 年（或许）8 月被进一步明确，狄金森为亨特 · 杰克逊写下了一段后记：“亲爱的朋友，你｜可以｜行走了吗｜是我写｜给她的｜最后的话－｜亲爱的朋友我｜可以飞－她的｜不朽的｜翱翔回复－”（A 857 / 857a）。[4]

1　我从莱斯利 · 斯卡拉皮诺（Leslie Scalapino）的文章中借用了“可怕的紧张”（terrifying tense）一词，见《可怕的紧张 / 渴望发生中的物体》（“Objects in the Terrifying Tense / Longing from Taking Place”），《批评的诗学》（*A Poetics of Criticism*. [Buffalo, NY: Leave Books, 1994]），第 37 页。

2　见凯瑟琳 · 克莱门（Catherine Clement）《昏厥：狂喜的哲学》（*Syncope: The Philosophy of Rapture*, [Minneapolis, MN: University of Minnesota Press, 1994]）。又见迈克尔 · 皮尔森斯（Michael Pierssens）的文章《超脱》（“Detachment”），见《纽约文学论坛》（*New York Literary Forum* 8–9 [1981]: 166）。

3　这个句子取自狄金森的一封“主人”书信草稿（A 828），写给一位不知名的收信人。A 828 现收藏于阿默斯特学院图书馆特藏部。手稿影印件见富兰克林编《狄金森的主人书信》，第 44—45 页。

4　这些句子取自书信草稿 A 857 / 857a，这是一个潦草的草稿复件，于狄金森死后在她的文件中被发现，现收藏于阿默斯特学院图书馆特藏部。见 *Letters* 1958，L 1015。约翰逊提出这份草稿可能是写给海伦 · 杰克逊的丈夫威廉 · 杰克逊的，这个推断似乎不太合理：狄金森仅仅给杰克逊先生写过一封信，而这封信是一封慰问信，1885 年 8 月中旬寄出（见 *Letters* 1958，L 1009）。

I never saw
Mrs Jackson
but twice, but
those twice are
indelible and
one Day more
I am signified
was the only
impression she
ever gave in
any House
Heart
she entered –

A 857，“我只见过｜杰克逊夫人”

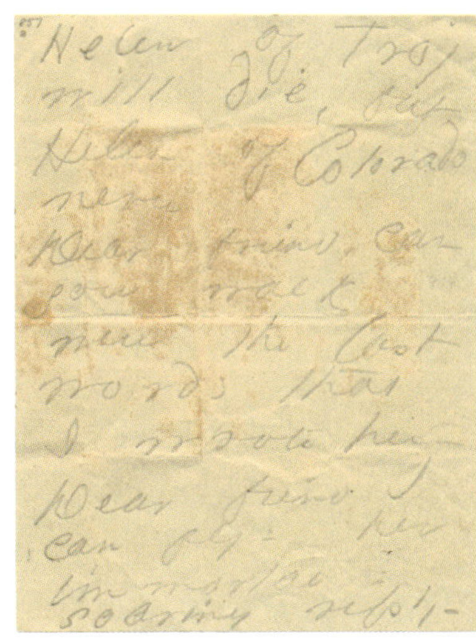

"Helen of Troy
will die, but
Helen of Colorado
never.
Dear friend, can
you walk,"
were the last
words that
I wrote her –
Dear friend, I
can fly – her
immortal
soaring reply –

A 857a，“特洛伊的海伦｜会死去，但是”

# II
# 更大的迁徙

“哈德森（W. H. Hudson）说，鸟类在迁徙之前会有一种类似痛苦（和害怕）的感受，只有飞翔（翅膀的快速运动）能缓解之。”[1]

——洛琳·尼德克

某一套动作一再重复，比如翅膀的快速运动，或许表示一次更大的迁徙已经启动运行了。

A 821 / 821a 不是单独的而是众多迁徙中的一次。而且，它预示着狄金森最高远的飞翔——在她的逐年累积的诗歌产品，也就是那 40 册“诗笺”之后，进入一种更自由的境界，用她的同代人爱默生的话说，“对立而遥远的事物［似乎］聚合”[2]。在这个当口上，狄金森不再考虑如何保存她从写作劳动中获得的成果，她无拘无束的轻率态度体现于她开始进入一种新的写作实践，在任何方便可用的纸张上随手就写：巧克力包装纸、书页旁边的空白处、各种纸片……

狄金森晚期的大量创作大多写于这些凑合的、易碎的载体上，其中包括我们发现的 52 份信封，现已汇集在这里。狄金森与这些作品的关联究竟意味着什么，尚不明晰。狄金森似乎并不是有计划地把一系列诗歌、短笺或片断抄录在信封上，不过，一旦我们看到这些材料，就难以将这些文本与其媒介物分开。先把它们聚集在一起，停留一会儿，再打散放回到同样即兴的其他材料群之中，它们的存在提醒我们，一个作家的档案不仅是一个仓库，可以轻松地为其内容列出分类清单，比如“诗歌”“书

1　这句引文被归于洛琳·尼德克（Lorine Niedecker），取自 1968 年 1 月的一封信。见丽萨·佩特·法兰达（Lisa Pater Faranda）编《“在你的和我的房子之间”：洛琳·尼德克致西德·科尔曼书信（1960—1970）》（*“Between Your House and Mine”: The Letters of Lorine Niedecker to Cid Corman, 1960–1970* [Durham, NC: Duke University Press, 1986]），第 149 页。

2　爱默生：《美国学者》（“The American Scholar”），见《自然；致辞和演讲集》（*Nature; Addresses and Lectures,* 1849），重印本见《爱默生：散文和演讲集》（*Emerson: Essays and Lectures* [New York, NY: Library of America, 1983]）。

信”等等，还是一个容器，收纳着一些稍纵即逝的残留物，一种文献意义上的逃逸。

这 52 份信封文本是随着她的一大批主要手稿一起被发现的，可是，就像狄金森的许多文本一样，它们经常在分类问题上造成困惑。大多数文本似乎不过是诗歌草稿，或诗歌开头或结尾的抒情部分。最早的“信封诗”大概写于 1864 年前后，按照富兰克林的系年，这刚好是狄金森最后一册“诗笺”的成稿时间，还有一组信封文本（约翰逊定为 4 份，富兰克林定为 2 份）也属于同一时期。其余的信封诗的创作时间为 1870 年至 1885 年，这或许说明狄金森的信封诗实践刚好在她停止“诗笺”的制作之后得以加强，或可推测，从那时起，她以另一种方式，也是最后一次，开始了关于信息与媒介之间关系的试验。[1]

同样作于世纪末，“把交流梦想为心灵之间的融合”[2]，却面临书面信息的同样命运，这梦想有时在书写中实现，有时却在书写中破灭，在这个意义上，狄金森的信封诗似乎具有某种特殊的凄凉和解释学的负担。不同于当初一度装在里面的原始书信，这些在狄金森死后被发现于她的档案之中的现已“清空”的信封，飘散于未来的风中，不是寄给任何人的，但同时又是寄给每个人的。既然它们被不相识的、不

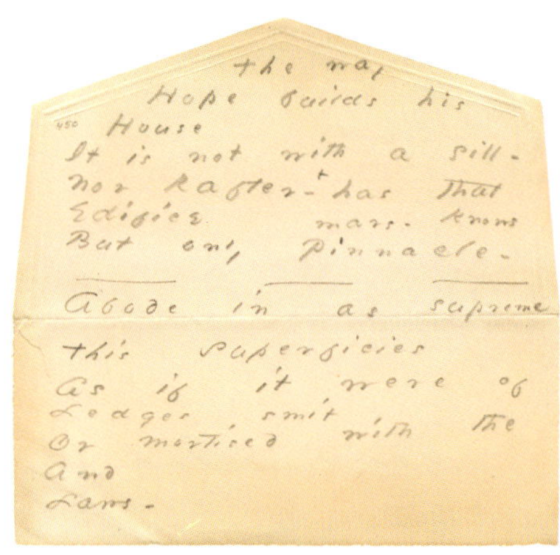
the way
Hope builds his
450 House
It is not with a sill -
nor Rafter - has that
Edifice
But only Pinnacle -

Abode in as supreme
this superficies
As if it were of
Ledges smit
Or mortised with the
And
Laws -

A 450，“‘希望’｜建造他的房屋”

1　狄金森也可能在更早的时候或其他时期使用信封作为草稿纸，只不过那些草稿纸已被毁掉。如果是这样的话，狄金森对信封诗的态度似乎在她停止“诗笺”的制作之后发生了变化：晚期的信封文本即使在已有定稿的情况下也都被保留下来了。

2　约翰·德拉姆·彼得斯（John Durham Peters）：《对空言说：交流的观念史》（*Speaking Into the Air: A History of the Idea of Communication* [Chicago, IL: University of Chicago Press, 1999]），第 1 页。狄金森当然不可能引用此书，可是，彼得斯这部著作以其精彩的表述和引人入胜的研究为考察狄金森的写作提供了无尽的参照。

可见的读者拦截，那就注定永远跟其作者疏离，它们提醒我们，在我们的所有信息之中都蕴含着偶然性、暂时性、脆弱性和希望。

### “不可言传的主题，向着萌动的生机 | 持续传递 –”[1]

狄金森的生活和写作恰好处于一个特定的历史时刻，通过现代邮政系统给特定收件人寄出私人信息，当时刚刚成为现实。“在 19 世纪 50 年代后期，”媒介史学家约翰 · 德拉姆 · 彼得斯写道，“人们可以用密封的信封邮寄一封信，贴上一枚事先买好的邮票，投入一个公共邮筒。”[2] 在近期出版的一部狄金森论著中，弗吉尼娅 · 杰克逊思考了多种可能的交流方式和情景：“我跟你交谈的方式取决于你在哪里。如果你就在我身边，我可以低语。如果你在桌子对面，我可以交谈。如果你在楼上或在外面，我可以大声喊叫。如果你距我太远听不见（哪怕偷听也听不到）我的声音，我可以写字。而书面交流有一种特别的幻觉，你不在场的前提条件（我写信的前提条件）却假设了某种在场，甚至比低语更加亲切。”[3]

在狄金森的文件中发现的这些信封在承载诗歌之前想必也携带着这样一些有意

A 479

1 这是狄金森的一首诗（A 88-17/18）的开头，见未装订的分组诗稿，现收藏于阿默斯特学院图书馆特藏部。见《狄金森手稿册》（Set 6a, p. 1090）。

2 彼得斯：《对空言说》，第 166 页。

3 弗吉尼娅 · 杰克逊（Virginia Jackson）：《狄金森的苦难：一种抒情诗阅读理论》（*Dickinson's Misery: A Theory of Lyric Reading* [Princeton, NJ: Princeton University Press, 2005]），第 133 页。

避开世人的发送。其中一些被她后来重新转化为打草稿的空间，而它们起初是由家宅之外的世界里的某个人寄给她或她家人的。它们由两个诺克罗斯家的表妹，乔赛亚·霍兰和伊丽莎白·霍兰（Josiah and Elizabeth Holland），阿比盖尔·库珀（Abigail Cooper），奥蒂斯·洛德法官和海伦·亨特·杰克逊等人用钢笔书写，贴上了所需的邮票，托付给邮政服务系统。

另外一些信封由狄金森写上了地址，致某些珍贵的外人。与别人寄给她的信封不同，这一部分信封几乎总是只有一个人名，个别信封上写着一个缩写的地址。狄金森那些既没有标题也没有日期的诗歌流通于印刷世界和机械复制经济之外，同样，这些信封所装载的原初信息也规避了邮政系统的公共交换网络，由更亲密的现今已没有名姓的携带者运送（如果它们真有被送出的话）。它们既没有邮票也没有邮戳，其传递和接收的历史往往无法追踪（A 313/314）。

A 313/314

大约 1874 年狄金森写道："返回是一条不同的路"[1]。如果狄金森寄给别人的那些传递交流的信件已经被对方收到，但由于习俗或偶然的原因，信纸脱离了信封，遭

1　此行取自狄金森的一首诗"没有人见过敬畏，也不"（"No man saw awe, nor to"）。此诗的手稿现已不存，其存在只是一个传言，虽然在狄金森死后，此诗的一个异文片断（A 295）在她的文件中被发现，现收藏于阿默斯特学院图书馆特藏部。这首现已遗失的诗歌存在一个抄本，由梅布尔·卢米斯·托德（Mabel Loomis Todd）抄写，见《狄金森诗集：异文汇编本》，P 1342；片断的手稿影印件和托德的抄本，均见 *RS* 1999–2010。

到遗失或已被毁，那么，这些空空的信封页面何以又返回到她手里的呢？通过什么途径或中介呢？如果这些信封从来没有离开过她，这也是可能的，那她为什么要写这些信呢？它们只是狄金森想写或已写但最终滞留的信件的潜在载体吗？那些写在信封上的诗，包括那些没有寄出（或返还给她）的和那些别人寄给她的信封上的诗，会是她希望传递却并未传递的真实信息吗？它们指向谁——生者还是死者？

狄金森用墨水写在信封正面的地址与她用铅笔写在信封背面或撕开的信封里面的诗歌形成了鲜明的对比。这种对比在某种程度上与作者截然不同的意图相对应。这些地址的字迹通常是大字体且清晰完善，这表明狄金森希望向仍在世的且可定位的唯一收件人发送一个不可磨灭的信息；另一方面，那些诗歌的字迹却是小字体，密集而潦草，如希金森所说，就像鸟类的化石足迹，[1]这表明她想给另一个未知世界的陌生人写一段转瞬即逝的信息（A 105a）。

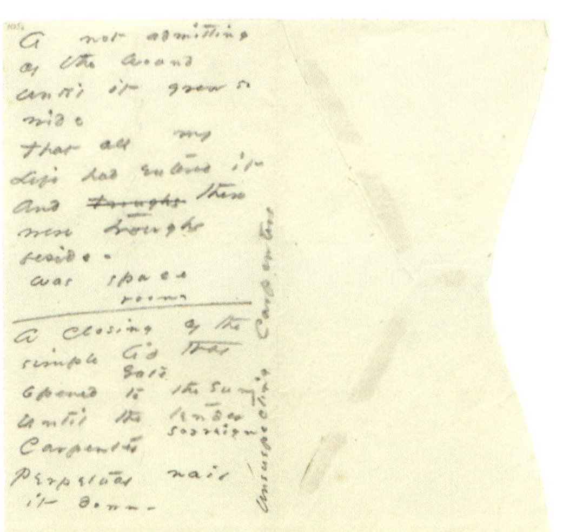

A 105a，“对伤口的｜一种不予承认”

我们如何验证传输的内容与接收的内容在何种程度上是匹配的呢？

地址和诗歌之间的间隔——无论是分钟、小时、天还是年——是不可确定的，也可能是（成为）无限的。

1　希金森：《精彩的活动家：托马斯·温特沃思·希金森作品集（1823—1911）》（*The Magnificent Activist: The Writings of Thomas Wentworth Higginson, 1823–1911*, edited by Howard N. Mayer [Cambridge, MA: Da Capo Press, 2000]）第 544 页。

因此，虽然读者禁不住想把写在寄给同一个人的信封上的诗歌看作寄给他或她的某些延伸信息的片断——想从诗歌中看出被加密隐藏的收信人——但令人沮丧的是，这种阅读方法产生的零碎叙述往往与寄信人或收信人生活中可识别的环境毫无关联。把信封从正面向背面转动，就会放弃通过这封信——这首诗——的文字来召唤收信人的可能性：即使在我把你的信拿在手里时，我也没有碰到你。这个转动也证实了将发送者和接受者分隔开来的那种神秘的距离，尽管他们仍持续向彼此发送信号。

一封装在信封里的信，一首题写在信封上的诗，准备送往数英里或数年以外的地方，这不是一个个字节的信息，而是一份渴望的档案。因此，难怪我们在狄金森的信封诗中发现了几首表现灵魂的狂喜式和解之作。例如，“多年的｜分别－｜造不成任何｜一秒钟｜填不平的｜裂缝－”（A 277），强调写作的力量，它能克服时间和空间，消除写信人和收信人之间的距离，即使经历时间的轮转，他们仍能立即认出对方。

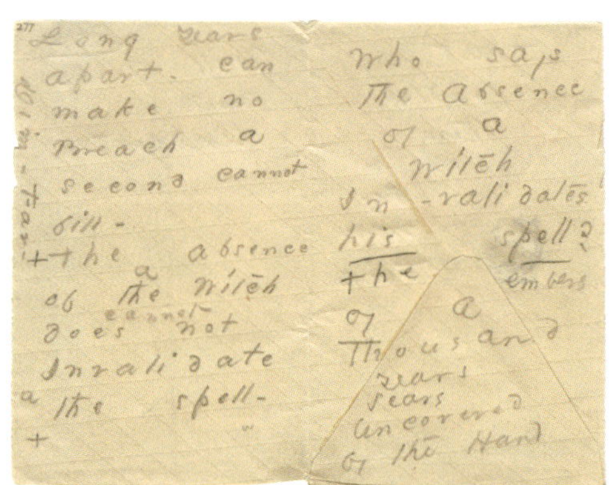

A 277/277a，“多年的｜分别－｜造不成任何”

然而，这种幻想在狄金森的作品中很少出现。更为常见的是，信封诗强调“地址间距”[1]，描绘了那种分隔作者和读者，也往往是爱者和被爱者的，巨大的“广阔”。似乎我们仍有必要被提醒一下，杰尔姆·米勒写道：“所有因奇迹而吸引我们的那些存在，它们本身都无可挽回地被引向虚无。”[2] 因此，“通过何种｜忍耐之｜狂喜”（A 479）表达了这样一种认识：收信人是遥不可及的，寄信人以“空白”来寻找他或她，而这“空白”无法用人类的尺度来衡量，也无法在此世中被穿越。

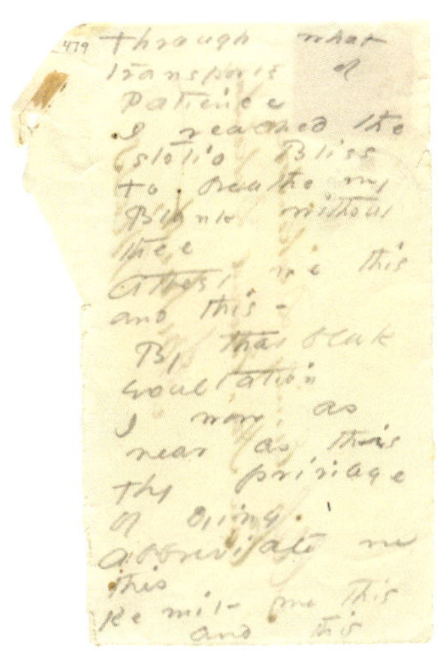

A 479，“通过何种｜忍耐之｜狂喜”

与此相似，那首简短但极度痛苦的诗作“对伤口的｜一种不予承认”（A 105a）——我们只知道说话者的伤痛源自她与心爱之人的分离，那伤痛如此巨大，如今已吞没了她的整个生命——见证了我们对自身处境所感知到的痛苦，当我们尝试领悟爱默生很久以前已认知到的“无限之遥远”[3]。在这种情况下，将伤口翻译成文

1 见赫伯特·门泽尔（Herbert Menzel）《准大众传播：一个被忽视的地带》（“Quasi-Mass Communication: A Neglected Area”, *Public Opinion Quarterly* 35 [1971]: 406–9）。门泽尔的“地址间距”概念强烈地应和了保罗·利科（Paul Ricœur）的“距离”（distantiation）观念，见保罗·利科《解释学和人文科学：语言、行动、阐释论集》（*Hermeneutics and the Human Sciences: Essays on Language, Action, and Interpretation* [Cambridge: Cambridge University Press, 1981]）。

2 杰尔姆·米勒（Jerome A. Miller）：《在奇迹的剧痛之中：后现代世界中的神圣事物的暗示》（*In the Throe of Wonder: Intimations of the Sacred in a Post-Modern World* [Albany, NY: State University of New York Press, 1992]），第 183 页。

3 爱默生：《友谊》（“Friendship”），《散文集：第一系列 1841》（*Essays: First Series 1841* [Charlottesville, VA: Electronic Text Center, The University of Virginia Library, 1995]）：http://etext.virginia.edu/toc/modeng/public/EmeEssF.html。

字仍未同时伴随以一种解释过程：将她的字面上的伤转化为比喻意义上的伤，因而可能有助于治愈说话者。信封是损伤的储存库，它无法治愈甚至无法容纳这些伤痛：它被撕开，其作用不是舒缓疼痛的绷带，而是二次撕裂，几乎位于同一个地点。

“一封信｜有｜何等｜危害”[1]。狄金森在晚期的片断中写下了这个句子，字迹十分潦草混乱，就好像写于黑暗之中。正当我们几乎不认为其箭矢有可能以我们为目标，我们却“被信击中”[2]。因此，在狄金森收藏或丢弃的另一个信封的背面，我们发现了一种通往世界末日的召唤，它的封皮近乎半透明，用淡淡的蓝紫色墨水写着藤蔓一般的地址。信息在 19 世纪的火车或马车上传递所需的那种奢侈的缓慢，并不能推迟我们接收此条信息的突然：

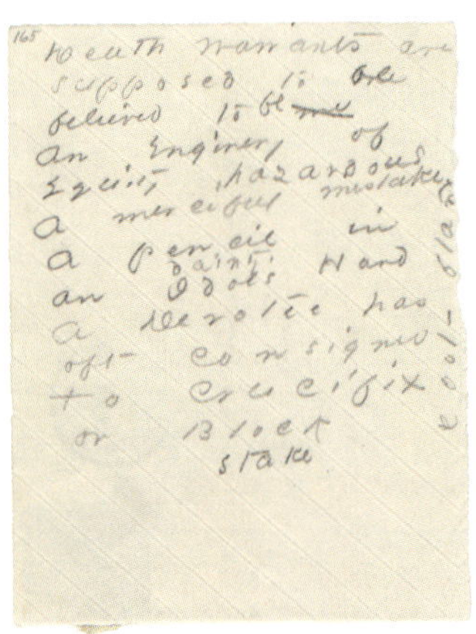
165
Death warrants are
supposed to be
believed to be
an Engineer of
Equity hazardous
a merciful mistake
a pencil in
a saint's Hand
an Idols
a Devotee has
oft consigned
to Crucifix
or Block
Stake

A 165，“死刑令｜被认作是”

1 取自狄金森的一个手稿片断（A 809），于她死后在她的文件中发现，现收藏于阿默斯特学院图书馆特藏部。按照约翰逊的编年，这个片断的日期为“约 1885 年”，写在一张被撕破的书皮的残片上。全文如下：“What a ｜ Hazard ｜ a Letter ｜ is – When ｜ I think of ｜ the Hearts ｜ it has ｜ Cleft ｜ or healed I ｜ almost ｜ wince to ｜ lift my Hand ｜ to so much ｜ as as a ｜ superscription ｜ but then we ｜ always Ex ｜ cept ｜ ourselves – [反面] or ｜ Scuttled and ｜ Sunk.”三个相关的文件属于同一个文本群：A 802，异文片断；BPL Higg 116，在寄给希金森的一封信里，关于亨特 · 杰克逊之死；奥利斯曼手稿（the Oresman manuscript），可能是寄给萨拉 · 科尔顿（Sara Colton [Gillett]）的。出版信息，见 *Letters* 1958，L 1007, L 1007n, L 1011, L 1011n；以及 *RS* 1999–2010。

2 “被信击中”（letterstruck）引自埃莱娜 · 西苏（Hélène Cixous）或至少是她的法文词的英文翻译。该词见她的一篇精致的散文《拔士巴或圣经内部》（“Bathsheba or the interior Bible”, translated by Catherine A F. MacGillivray）收入西苏的论文集《圣痕：逃离的文本》（*Stigmata: Escaping Texts* [London and New York: Routledge Press, 1998]），第 11 页。

“速度”是狄金森的口号。她在一个充满意外的世纪生活和写作，新电信技术的崛起将从此永远改变人类的联络方式。德拉姆·彼得斯写道：“新媒体声称打破了距离和死亡的束缚，让天使联络的古老梦想得以复活。”[1]然而，它们也把我们带入了新的孤独。在狄金森的信封书写中，最离奇的一份文件是一封西部联合电报公司的电报，收件人是维妮·狄金森（Vinnie Dickenson，原文如此），由洛德法官转交，并由发件人注明“已付款”。这条紧急信息的内容已消失不见，曾由一位不知名姓的电报员抄写，并附有严格的规则：“仔细阅读……每一个字”，必须重复“晦涩的句子或疑难的字词”，并且，“工作环节中发生的全部困难、中断、意外，均须做好每日记录”。[2]不过，在取代其位置的诗歌里，“街道是｜玻璃－｜处于光鲜的｜险境”和“轮到他｜来乞讨－”（见 A 193 / 194），狄金森似乎正在将原始的、不可恢复的电报中的电流脉冲转换成新的信息，让迅捷与电击结合起来。来自外部的某人或某物对狄金森口

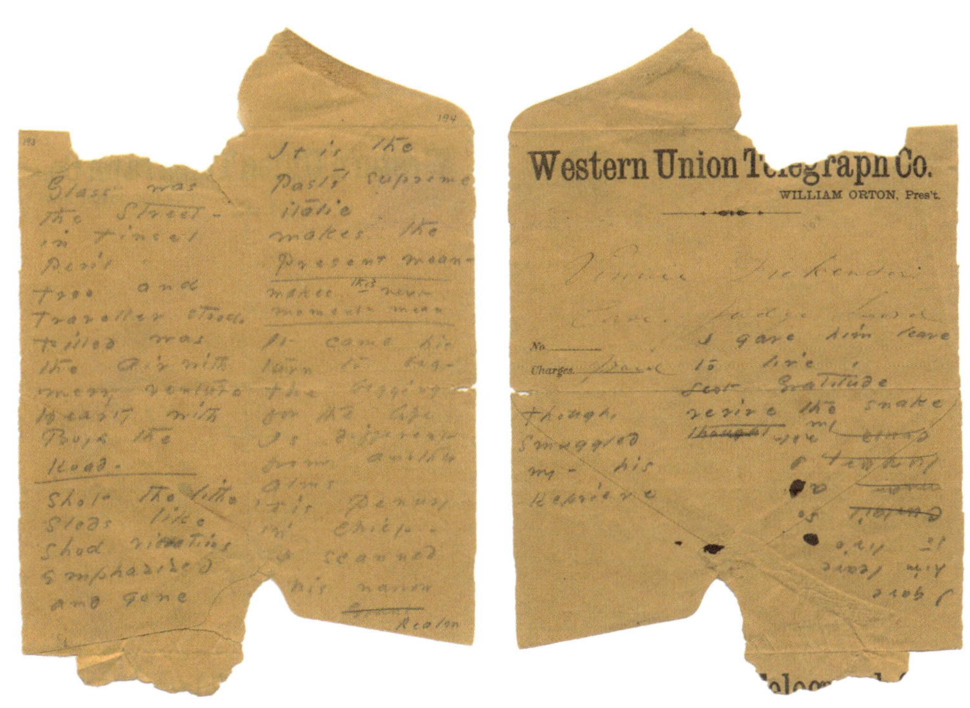


A 193 / 194，“街道是｜玻璃－｜处于光鲜的｜险境”/“轮到他｜来乞讨－”

1　彼得斯：《对空言说》，第 142 页。

2　这些文字取自《西部联合电讯规则》官方手册，引文分别见规则第 8 条、第 38 条和第 37 条。手册的完整文本见网页：http://www.civilwarsignals.org/pages/tele/wurules1866/wurules.html。

述的最后几个词或短语的中断和取消，似乎证明了心灵之间的——甚至在思考的心灵与书写的手指之间的——共时交流是不可能实现的。这个世界上的传输是不对称的，充满了缺口。我们接收和破译的不过是其中的一部分。

## “春天－震颤封条－”[1]

在狄金森的信封诗中，我们发现了一组写在封条或信舌上的精致的抒情诗片断。这些封条脱离了它们原来的身体，为狄金森所有被当作片断接收的晚期作品谱写了一个尾声。封条的微小尺寸及其发光的特性将它与微缩世界——纪念品或护身符——联系起来。在书写中，封条是格言的理想容器：一种最小的符号被注入了一种最大的能量。[2] 不过寥寥几行，这些被题写在封条上的诗歌见证了存在的转瞬即逝，短如一个白昼或一只孤独的鸟儿发出的一个尖锐的音符。它们历经各种风险得以保存，如今封条敞开，为全世界所见，它们承载着狄金森最后的昂贵的信息，关于名声的“无地点［性］”（siteless[ness]），以及她对怀疑的警示，最后的被取消的警示。

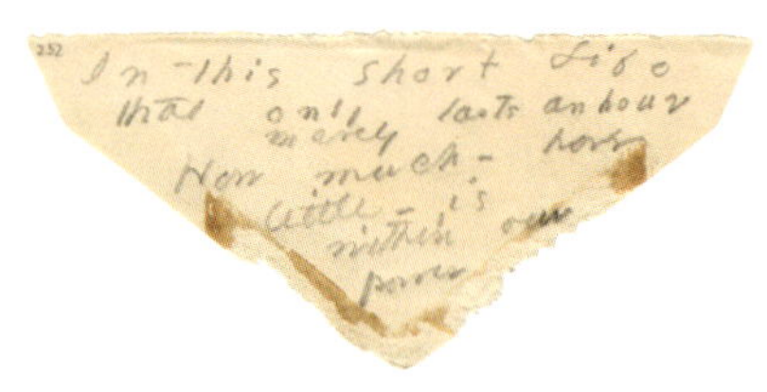

A 252，“在这短暂的一生”

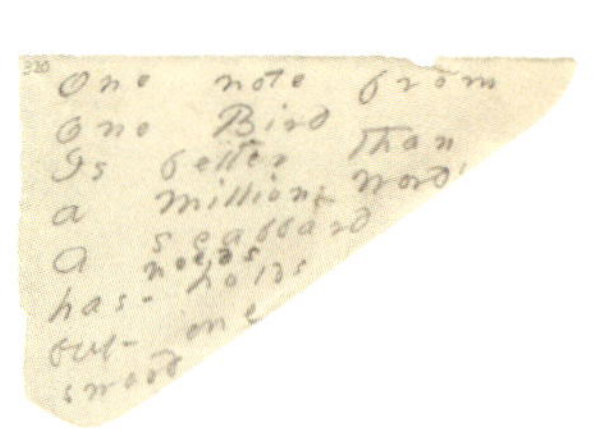

A 320，“一只鸟发出的｜一个音符”

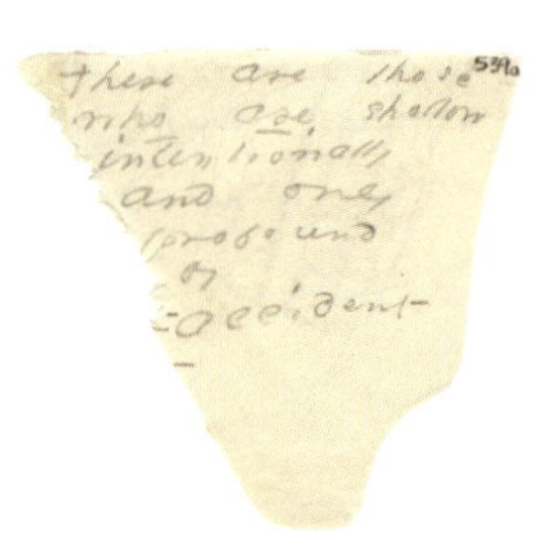

A 539a，“有那么一些｜浅薄之人”

1　这一诗行出自狄金森诗 H 203“安卧在他们的汉白玉舍”版本之一（富兰克林，修订版 d）。关于此诗的创作历史的重建，见 *Poems* 1998，P 124，版本 a–g。

2　关于微型物的精彩释读，见苏珊·斯图尔特（Susan Stewart）《论渴望：微型物、巨物、纪念品、收藏品叙事》（*On Longing: Narratives of the Miniature, the Gigantic, the Souvenir, the Collection* [Durham, NC, and London: Duke University Press, 1993]）。

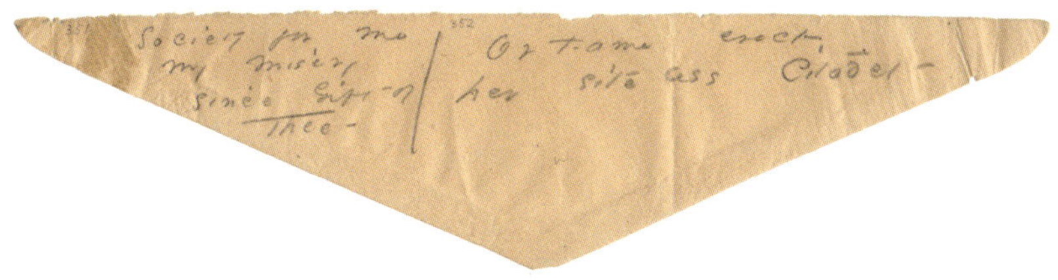

A 351 / 352，“社会对我而言｜即我的不幸”/“或耸立的名声｜她的无地点的大本营—”

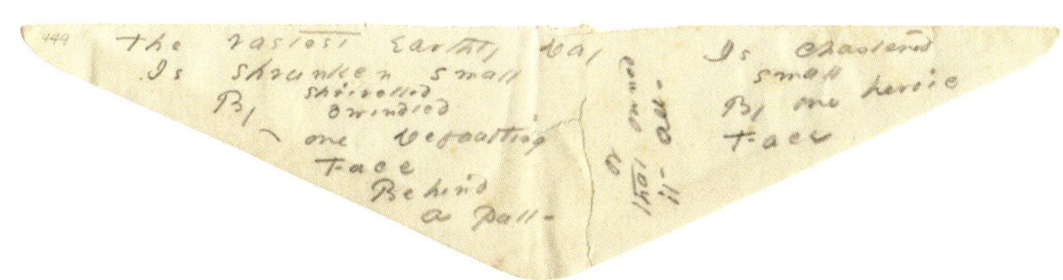

A 449，“人世间最浩大的日子”

19 世纪表示信封（envelope）的另一个词是“cover”（遮盖），以信封隐喻包围，外在和内在，包裹和暴露。然而，在狄金森这里，信封地址的至高无上的力量及其排他性的承诺，最终被诗歌取消了，诗歌向多位收信人和一系列未来开放。信封发出的听不见的呼呼声也是它们所传递的信息的一部分。被撕开、被铺展、被写上字，递交给机遇，它们拒绝接受抒情诗提供的庇护，以探测我们的存在的最后隐私。

## “转动天空”[1]：飞散图

> “高空之上，一英里高，也许两英里高，数百只……灰白色的鸟儿向南飞去，就像一页页忽闪忽闪的纸片，被风卷起，从一本小书里……”[2]
>
> ——彼得·格林纳威

1　苏珊·豪：《把布拉格抛出窗外》（*Defenestration of Prague* [New York: The Kulchur Foundation, 1983]），第 9 页。

2　彼得·格林纳威（Peter Greenaway）：《飞出这个世界》（*Flying Out of this World* [Chicago: University of Chicago Press, 1994]），第 149 页。

“距离－是她唯一的｜+ 标识－”[1]

——艾米莉·狄金森

在结束之前，最后瞥一眼A 821，在页面上飞翔，争夺光芒。

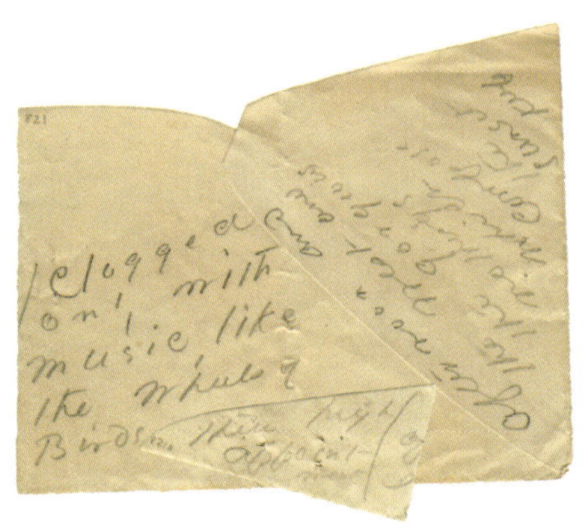

A 821，“充塞其间｜唯有｜音乐，如｜鸟儿的｜车轮”

为了确定某些种类的鸟是否具有归家的本能，一个被称为“放生员”的人会把几只鸟抛向空中，然后转身，再转身，每次向不同的方向释放出更多的鸟。然后，观察这些鸟儿飞出视线，并把它们从视线中消失的那些点逐一记录下来。在被记录的消失点达到相当数量时，就绘制一个“消散图表”以供研究。有时，由于人们不甚了解的原因，会有大批鸟儿似乎迷失了返回原始放生点的路，在迁徙通道上四处飘飞。[2]

在“诗笺”之外，甚至在狄金森所占据的书桌和房间之外，空中都充满了她的文件。围绕着书中不存在的中心，狄金森的信封诗就像远方的迁徙者，它们并不完全明晰，因此从来没有构成一个明确的可界定的系列。风儿吹动它们。时间移动它们。即便在某个特定的时刻，有那么一两首似乎联系紧密，可是，就在下一个时刻，每一个个体似乎都与其他个体相距遥远，无法被一个更大的结构所同化，其边界流

1　取自狄金森的一首诗“她的甜美转身离去”（“Her Sweet turn to leave”）中的一句异文，见《狄金森手稿册》（vol. 2, Fascicle 34, pp. 817–19）。

2　见马修斯（G. V. T. Matthews）《鸟类的航行》（*Bird Navigation* [Cambridge: Cambridge University Press, 1968], 49）。

动不居，模糊难定。更重要的是，也许就像那些归家途中迷路的鸟儿一样，它们改变了书信之间固有的封闭关系，那些曾是一件件分别寄给某一个亲密的精选的收件人的“美好而私密之物”，现在变成了一种诗歌之间的更为隐晦的关系，但最终将伸向更为深远的地方。虽然它们可能从未离开过她的文件，但狄金森的信封书写始终在路上，它们的行程已开启。它们的意义或信息，无须指示，已向所有人飞散而去，或许任何人都可能迅速截获之，只要有眼可看、有耳可听。

我们无须按照传统的书目编码对狄金森的信封诗创作加以分类，而是要寻找可能的方法，让它们一次又一次地投入流通。理想言之，读者将扮演“放生员”的角色，将它们释放到空中，跟随它们，直到它们消失在视线之外，记录那些消失点，一有可能就对它们做出回应，把每一次短暂的联络都当作一个天赐之缘。

# 视觉索引

珍·伯文

# 以页面形状分类

## 信舌和封口

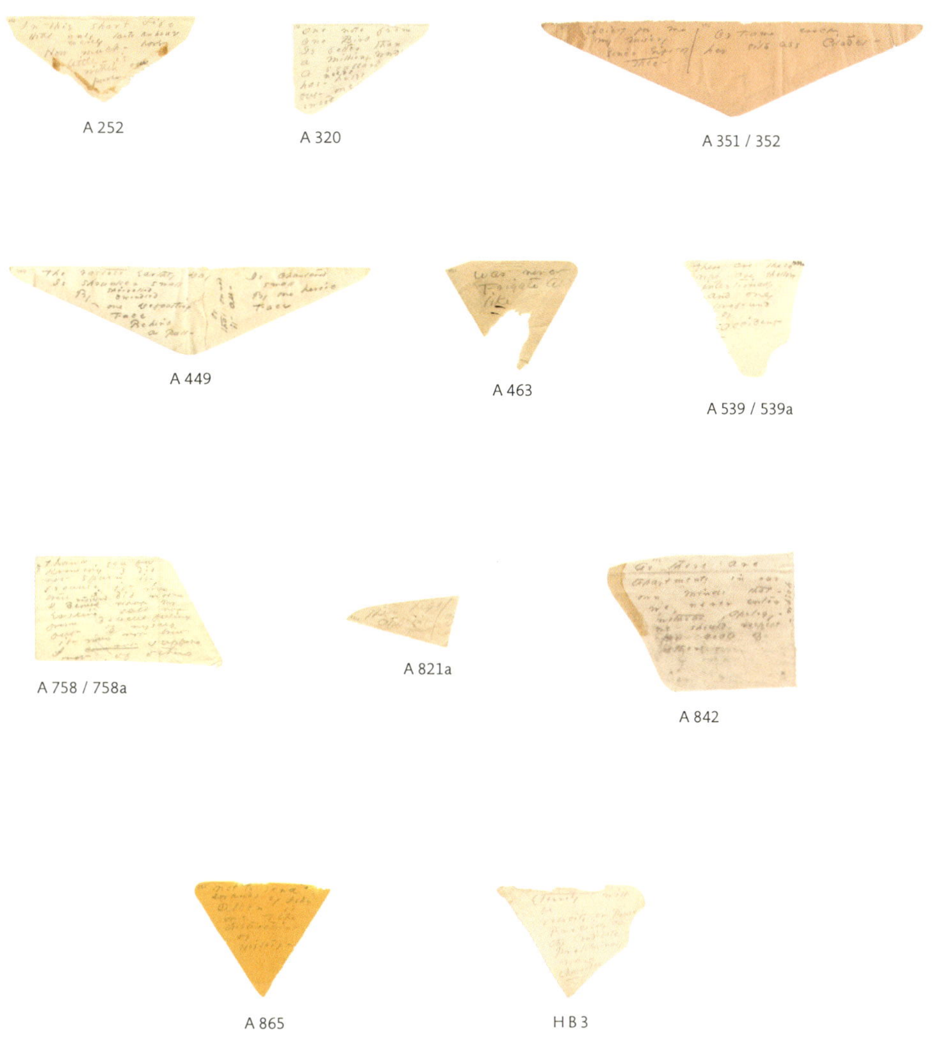

A 252
A 320
A 351 / 352
A 449
A 463
A 539 / 539a
A 758 / 758a
A 821a
A 842
A 865
H B 3

# 以页面形状分类

## 箭头

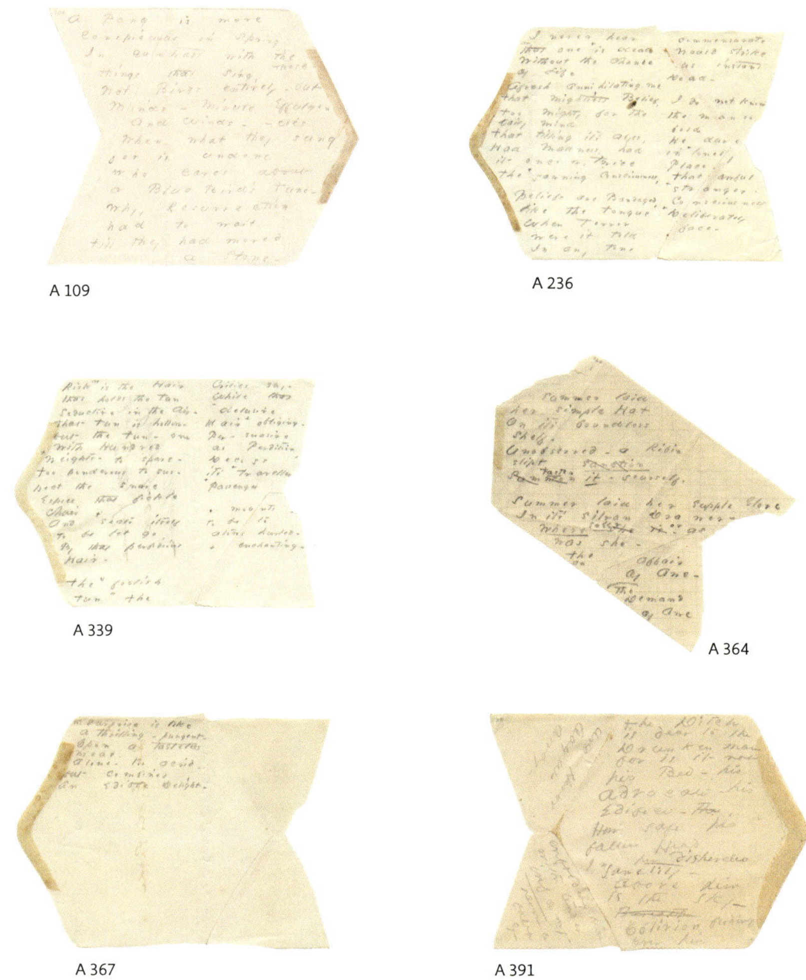

A 109　A 236　A 339　A 364　A 367　A 391

# 以页面形状分类

## 无尖箭头

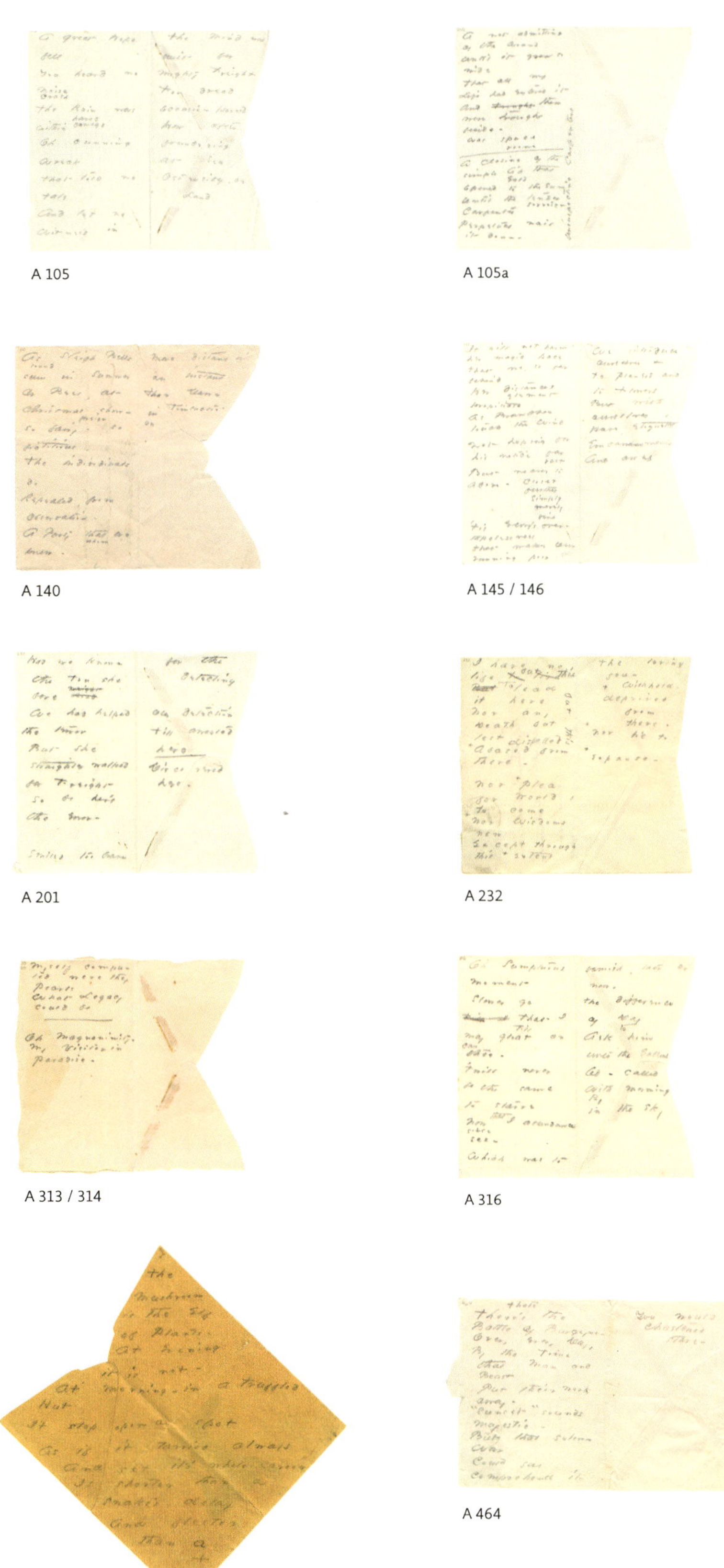

A 105
A 105a
A 140
A 145 / 146
A 201
A 232
A 313 / 314
A 316
A 416
A 464

## 以通信人姓名和地址分类

### 由艾米莉·狄金森书写的信封

A 105　A 105a　A 139

A 140　A 145 / 146　A 201

A 278　A 313 / 314　A 316

A 391　A 842

# 以通信人姓名和地址分类

## 由他人书写的信封

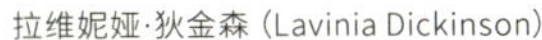
拉维妮娅·狄金森（Lavinia Dickinson）

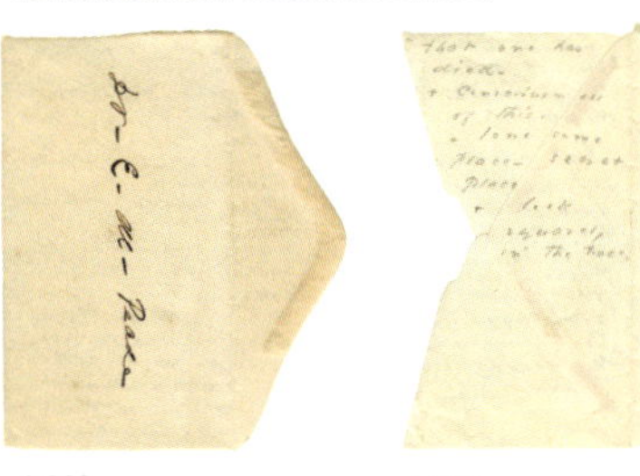
A 202

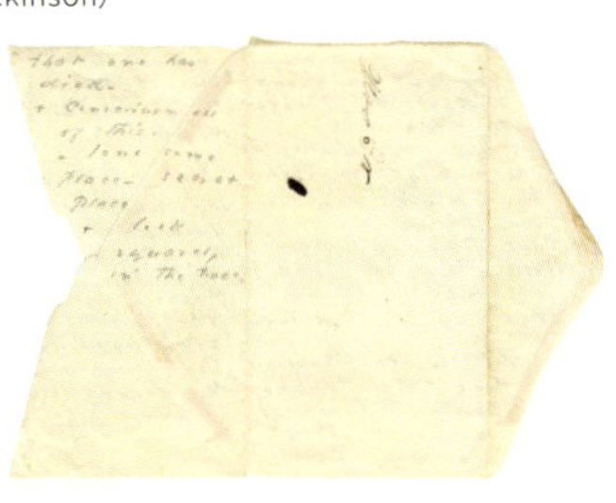
A 236

A 339

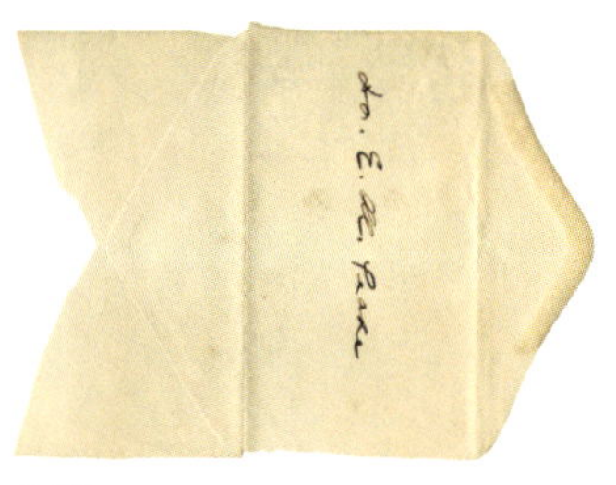
A 367

弗朗西丝·诺克罗斯（Frances Norcross）

A 128

A 464

露易丝·诺克罗斯（Louise Norcross）

A 108

乔赛亚·吉尔伯特·霍兰

A 232

阿比盖尔·库珀

A 277

克拉拉·纽曼·特纳（Clara Newman Turner）

A 165

爱德华·狄金森（Edward Dickinson）

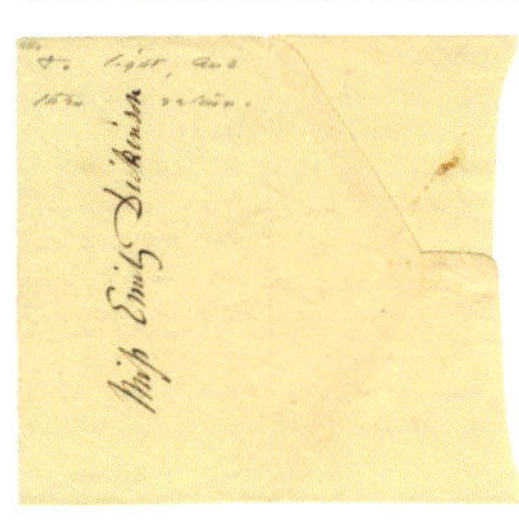

A 438

奥蒂斯·洛德

A 479

A 636 / 636a

# 页面上有分栏的信封

A 105　A 108　A 139　A 140

A 145 / 146　A 193 / 194　A 201　A 232

A 236　A 277　A 316　A 332

A 339　A 438　A 464　A 488

# 有铅笔分段的信封

A 105a　A 108　A 139　A 193 / 194

A 201　A 277　A 278　A 313 / 314

A 351 / 352　A 355　A 364　A 391

A 394 / 394a　A 450　A 514　A 636 / 636a

A 821　H B 3

## 带多方向文本的信封

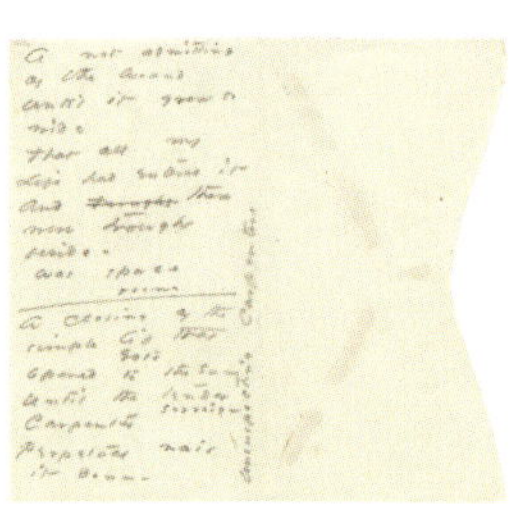

A 105a

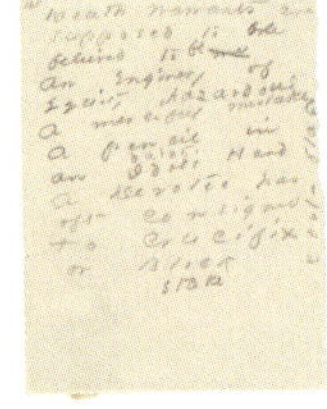

A 165

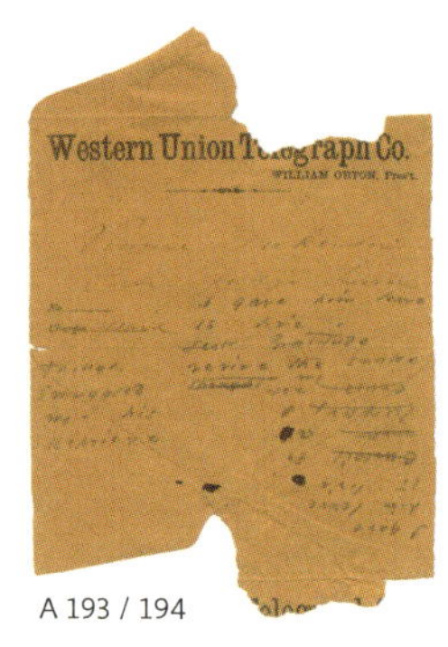

A 193 / 194

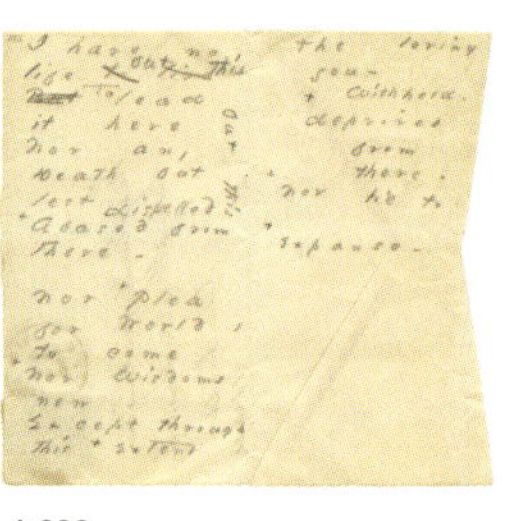

A 232

A 277

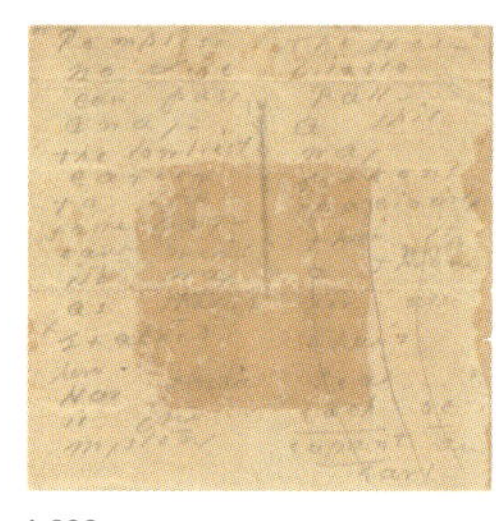

A 332

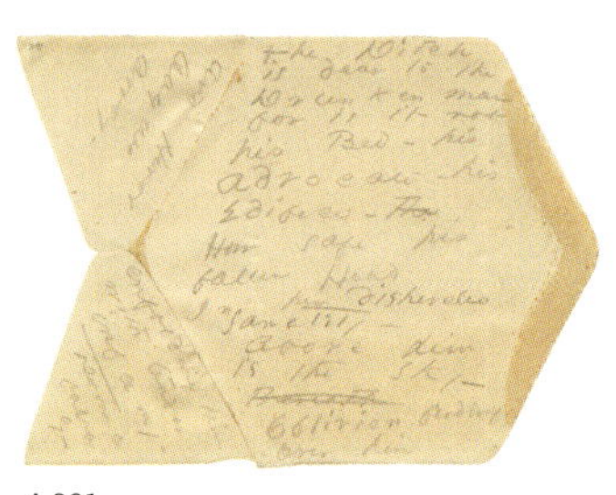

A 391

A 438

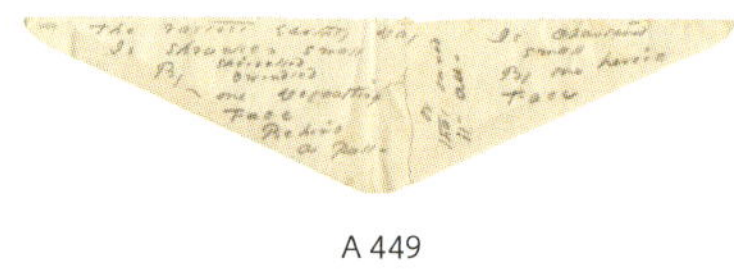

A 449

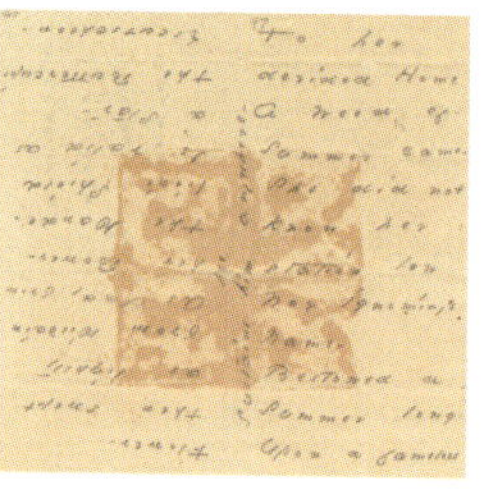

A 488

A 496 / 497

A 636 / 636a

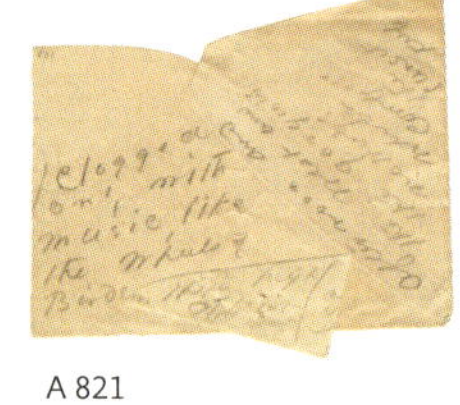

A 821

A 842

## 朝斜角方向的信封

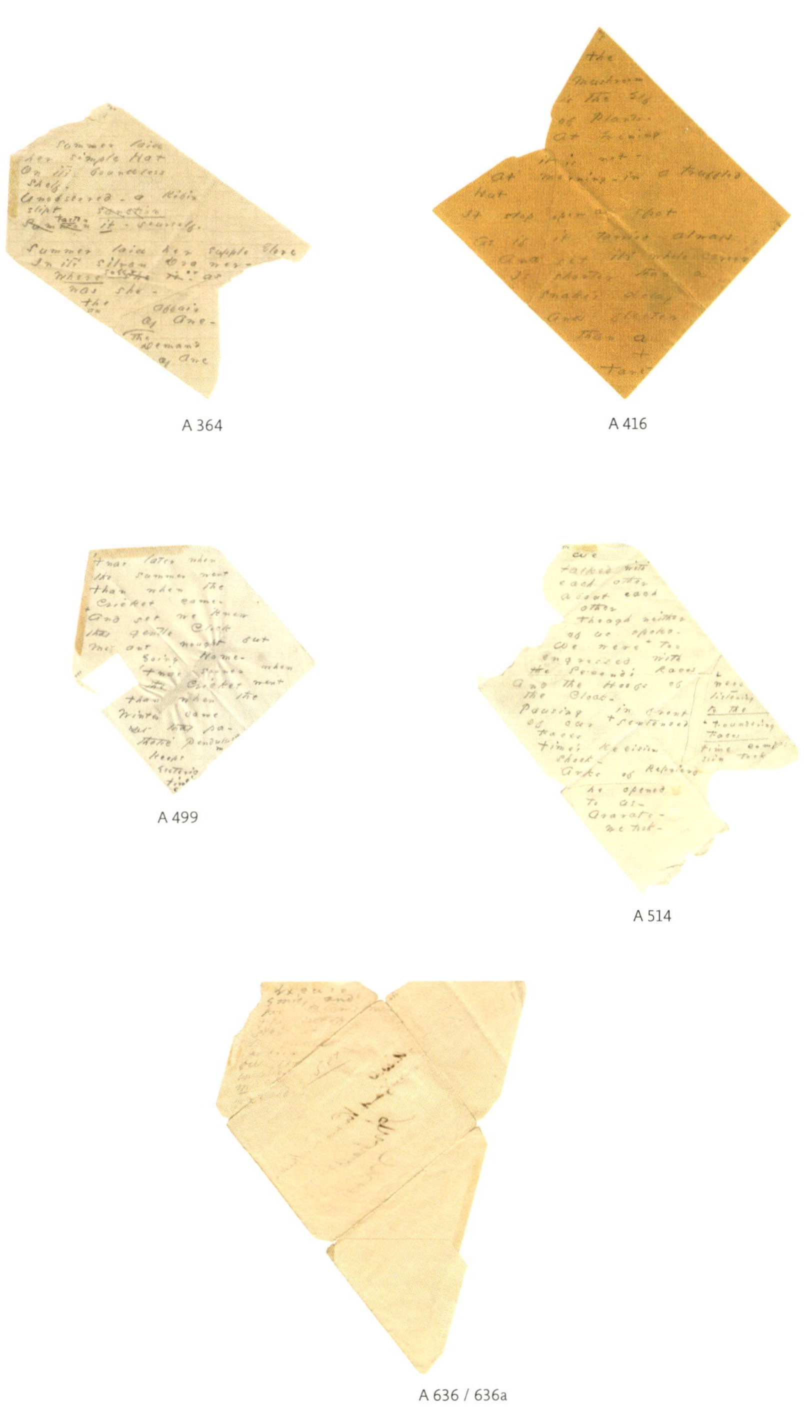

A 364

A 416

A 499

A 514

A 636 / 636a

# 带勾销或抹掉文本的信封

A 105a　A 139　A 165　A 193 / 194

A 201　A 202　A 232　A 316

A 332　A 364　A 391　A 438

A 539 / 539a　A 636 / 636a　A 758 / 758a　A 844

## 带异文的信封

这一组信封的手稿中带有异文。“异文”包括诗歌结尾处或页边处的前面带有“+”标记的字词、短语或句子，在诗歌中，有与之对应的、前带“+”标记的字词、短语或句子。这一组中也包括手稿文本周围紧密添加了异文但并没有标记“+”的那些信封。

A 105　A 105a　A 108　A 109

A 139　A 140　A 145 / 146　A 165

A 193 / 194　A 201　A 202　A 232

A 236　A 252　A 277　A 278

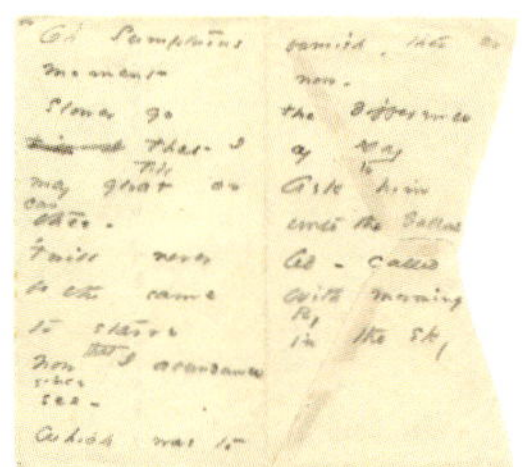

A 316

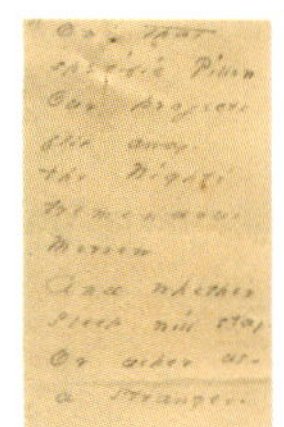

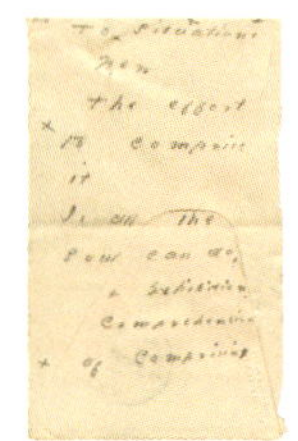

A 317

A 320

A 332

A 339

A 355

A 364

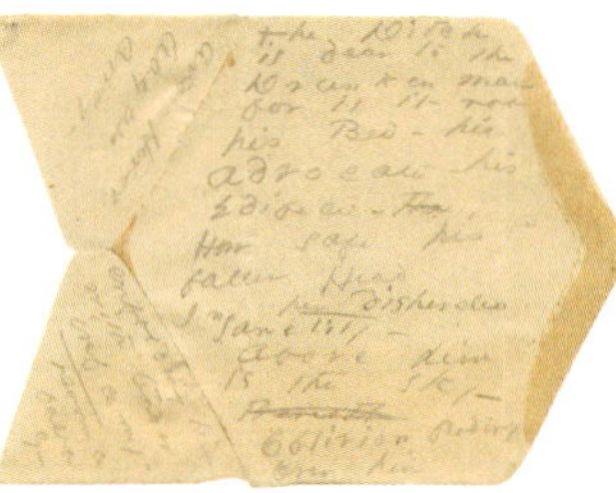

A 391

A 394 / 394a

A 438

A 449

A 450

A 464

A 479

A 488

A 496 / 497

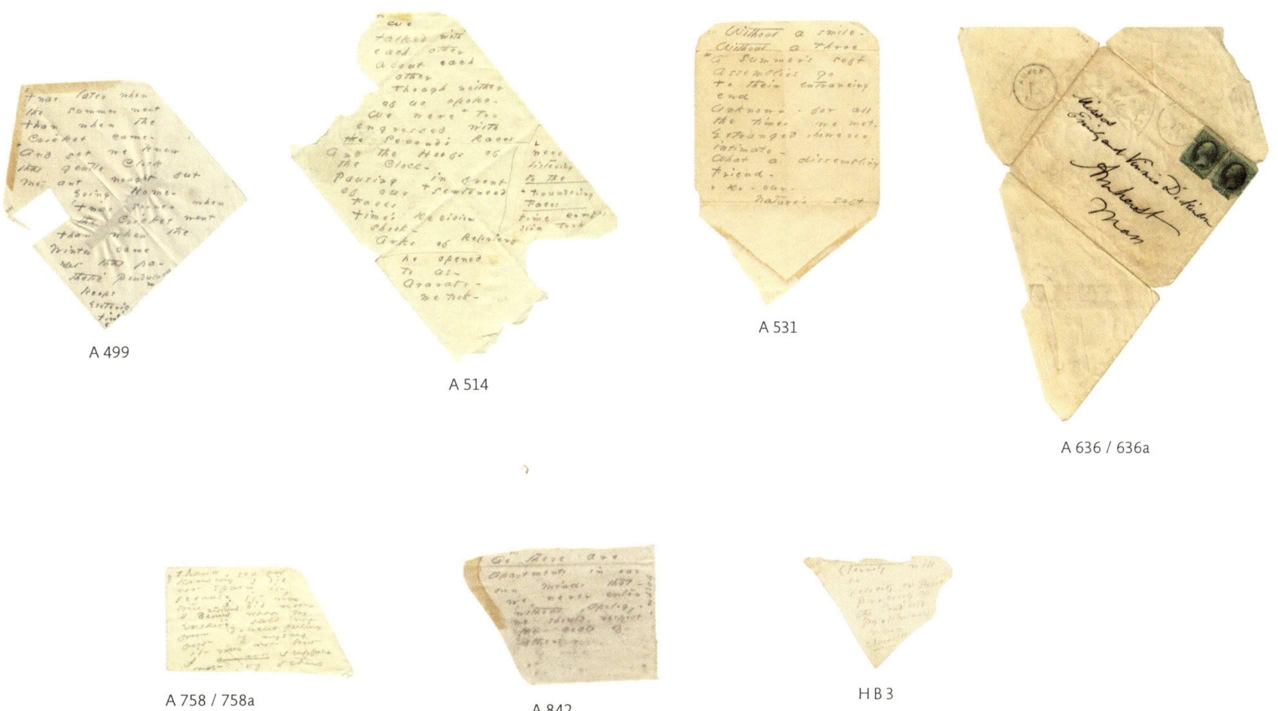

A 499

A 514

A 531

A 636 / 636a

A 758 / 758a

A 842

H B 3

# 信封诗目录

玛尔塔·沃纳

狄金森的信封诗草稿和信封短笺等文本的鉴别，大多依赖杰伊·莱达、托马斯·约翰逊、拉尔夫·富兰克林对狄金森手稿的考证工作，他们提供了严谨细致的注释。这份信封诗目录指南来源于这几位学者的注释，辅之以对主要档案的初步考查。不过，这并不是一个完善的目录，远非如此，它只是为进入狄金森的信封书写提供了一个最初的入口点。目前已鉴别的档案材料共52份。随着新材料的发现，这个数字可能会持续增加，主要是短笺草稿。

除了一个特例，汇集在这里的信封书写文本皆取自阿默斯特学院图书馆档案及特藏部。阿默斯特学院图书馆收藏的狄金森手稿上的数字标号出自杰伊·莱达之手，当时这批材料保存在华盛顿特区的福尔杰图书馆，由莱达加以分类整理并描述。按照莱达的排序，第一批编号属于装订成册的诗歌（80—95），然后是未装订的诗歌和诗歌片断（96—540），最后是书信、草稿和散文片断（541—1012）。诗歌编号以首行的字母为依据，书信编号则以通信人的首字母为依据。按照莱达的设计，同一个通信人的书信则按照时间先后排序。值得注意的是，莱达的编号通常针对的是文本而不是文件：一个文本若是在文件的反面接续或是在首页之后还有接续的页面或片断，那么这些文件都属于同一个编号，并标以小写字母（a、b、c等等）。不过，在实际操作中，这个编号方式有时行不通，有些文本和文件由此被合并在一起了（比如，A 394 / 394a，A 539 / 539a，A 636 / 636a，A 758 / 758a，至少有些读者和编者会认为，莱达将相同的编号赋予了独立各异的文本）。在下面的目录中，独立各异的文本（比如，A 636 / 636a）可能会重复同一个编号。

有一首收入本书的信封诗，来自哈佛大学霍顿图书馆艾米莉·狄金森特藏部，而非阿默斯特学院图书馆。编号前缀“H B”表明它的收藏地以及它与玛莎·狄金森·比安奇（Martha Dickinson Bianchi）的特殊关系。狄金森的这批具有信封特质的书写曾在不同的原始资料里出版过；其中一部分具有复杂的出版历史，关涉到成组的手稿，而不仅是单一文件。本书提供的狄金森信封书写目录指南指出了20世纪和21世纪有关信封诗的主要学术信息来源，有兴趣详细了解文献传递和出版历史的读者可以参考莱达编写的阿默斯特学院相关馆藏目录、约翰逊和富兰克林的异文汇编本以及我的《极端零散》。括号中的写作年代日期取自约翰逊（THJ）和富兰克林（RWF）；有些依据物质证据（邮戳、邮票发行日期等），有些依据内部证据，此外，则仅仅依据笔迹特征。附上常用引文文献如下：

《狄金森书信集》*Letters* 1958

Johnson, Thomas H., with Theodora Ward, eds., *The Letters of Emily Dickinson*, 3 vols. Cambridge, MA: The Belknap Press of Harvard University Press, 1958。书信编号：(L)。散文片断编号：(PF)。

《艾米莉·狄金森的开放的对折本：阅读之景，写作之面》*OF* 1995

Werner, Marta, ed., *Emily Dickinson's Open Folios: Scenes of Reading, Surfaces of Writing*. Ann Arbor: University of Michigan Press, 1995. 引文中的编号沿用阿默斯特学院图书馆编号。

约翰逊编《狄金森诗集》*Poems* 1955

Johnson, Thomas H., ed., *The Poems of Emily Dickinson*, 3 vols. Cambridge, MA: The Belknap Press of Harvard University Press, 1955. 诗歌编号：(P)。编号后面的"n"(如 P1586n）表示这首信封诗在约翰逊的诗集中被引用，见带此编号的诗歌的注释中。

富兰克林编《狄金森诗集》*Poems* 1998

Franklin, Ralph W., ed., *The Poems of Emily Dickinson*, 3 vols. Cambridge, MA: The Belknap Press of Harvard University Press, 1998. 诗歌编号：(P)。

《极端零散：艾米莉·狄金森后期手稿片断和相关文本电子档案（1870—1886)》*RS* 1999–2010

Werner, Marta, ed., *Radical Scatters: Emily Dickinson's Late Fragments and Related Texts*. Ann Arbor, MI: University of Michigan Press, 1999–2007; Lincoln, NE: Center for Digital Research in the Humanities, 2007–present. 引文中的编号沿用阿默斯特学院图书馆编号。

# 目 录

A 105，“一个伟大的希望｜坍塌”约作于 1868 年 [THJ]；一说，约作于 1870 年［RWF］。铅笔诗稿，写在一张拆开的信封的内页，信封上用墨水写着收信人的名字“J. G. 霍兰博士”，出自艾米莉·狄金森之手。见 *Poems* 1955, P1123; *Poems* 1998, P1187(A)。

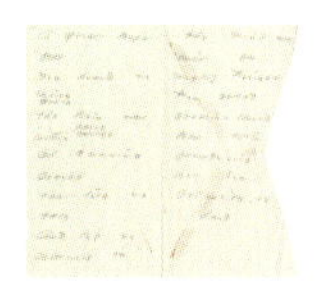

A 105a，“对伤口的｜一种不予承认”，约作于 1868 年 [THJ]；一说，约作于 1870 年［RWF］。铅笔诗稿，写在一张拆开的信封的内页，信封上用墨水写着收信人的名字“海伦·亨特夫人”，出自狄金森之手。见 *Poems* 1955, P1123; *Poems* 1998, P1188 (A)。

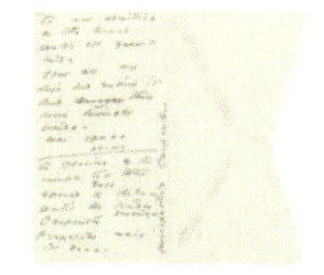

A 108，“当它们歌唱的｜一切｜已散去”，约作于 1877 年 [THJ]；一说，约作于 1881 年 [RWF]。“一种痛楚在春天愈加明显”的铅笔诗稿（部分），写在一张信封的内页，信封上用墨水写着收信人的名字“艾米莉·狄金森小姐｜阿默斯特｜马萨诸塞”，出自露易丝·诺克罗斯之手。信封上贴着一枚三分钱邮票，邮戳上印着“康科德，马萨诸塞，2 月 24 日”。见 *Poems* 1955, P1530; *Poems* 1998, P1545 (A)。

A 109，“一种痛楚在春天｜愈加明显”，约作于 1881 年 [THJ; RWF]。铅笔诗稿，写在一张作废的信封的内页，信封上用墨水写着收信人的名字“维妮”。见 *Poems* 1955, P1530; *Poems* 1998, P1545(B)。

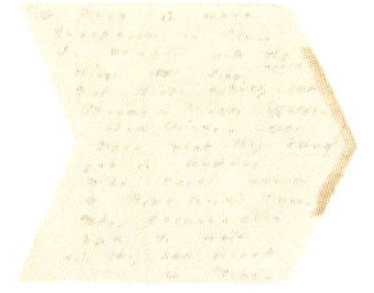

A 128，“人人为荣誉｜拼死拼活”，约作于 1871 年 [THJ; RWF]。铅笔诗稿，写在一张黄色信封的残余部分，信封正面用墨水写着收信人的名字“[狄] 金森”（[Dic] kinson），出自弗朗西丝·诺克罗斯之手。信封上贴着两枚三分钱邮票（1870—1871 年发行），邮戳上印着“[密尔] 沃基，威斯康星，10 月 6 日”。见 *Poems* 1955, P1193; *Poems* 1998, P1205 (A)。

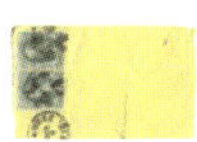

A 139，“像悲哀一样老－”，约作于 1870 年 [THJ]；一说，约作于 1872 年 [RWF]。铅笔诗稿，写在一张拆开的信封的内页，信封上用铅笔写着收信人的名字“海伦·亨特夫人”，出自狄金森之手。见 *Poems* 1955, P1168; *Poems* 1998, P1259 (A)。

A 140，“好像｜[听来像] 夏日里的｜雪橇铃儿”，约作于 1864 年 [THJ; RWF]。铅笔诗稿，写在一张拆开的信封的内页，信封上用墨水写着收信人的名字“伊丽莎·M. 科尔曼小姐－｜由莱曼·科尔曼牧师转交｜费城－”，出自狄金森之手。见 *Poems* 1955, P981; *Poems* 1998, P801 (A)。

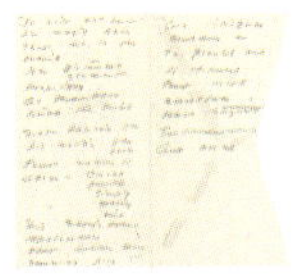

A 145 / 146。A 145，“这不会妨碍｜她神奇的步履”，约作于 1872 年[THJ]；一说，约作于 1870 年［RWF]。“因为他爱她”（“Because He loves ｜ Her”）的铅笔诗稿（部分）。见 *Poems* 1955, P1229n; *Poems* 1998, P1183 (B)。 A 146，“我们介绍｜自己⁺”，约作于 1872 年[THJ]；一说，约作于 1870 年[RWF]。铅笔诗稿。见 *Poems* 1955, P1214; *Poems* 1998, P1184 (A)。两首诗歌的草稿分别写在一张拆开的信封的内页的左右两侧，信封上用墨水写着收信人的名字“海伦·亨特夫人－｜伯利恒－”，出自狄金森之手。

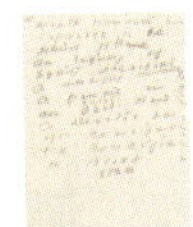

A 165，“死刑令｜被认作[被相信]是”，约作于 1876 年[THJ; RWF]。铅笔诗稿，写在一张拆开的信封的内页，信封上用墨水写着收信人的名字“拉维妮娅·狄金森”，出自克拉拉·纽曼·特纳之手。邮戳上印着“诺维奇，康涅狄格州，4 月 5 日”。见 *Poems* 1955, P1375; *Poems* 1998, P1409 (A)。

A 193 / 194。A 193，“街道是｜玻璃－”，约作于 1880 年[THJ; RWF]。铅笔诗稿。见 *Poems* 1955, P1498；*OF* 1995, n.p., A 193，见手稿影印件；*Poems* 1998, P1518 (A)。A 194，“轮到他｜来乞讨－”，大约作于 1880 年[THJ; RWF]。铅笔诗稿。见 *Poems* 1955, P1500; *OF* 1995, n.p., A 194，见手稿影印件；*Poems* 1998, P1519 (A)。诗歌草稿写在一封撕开的电报的空白处，分左右两栏；用墨水写着收报人的名字“维妮·狄金森｜由洛德法官转交”，并标明发报人“已付款”。

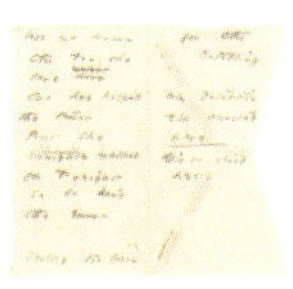

A 201，“若是我们知道｜她承载的｜吨位”，约作于 1868 年[THJ]；一说，约作于 1870 年[RWF]。铅笔诗稿，写在一张拆开的信封的内页，信封上用墨水写着收信人的名字“J. G. 霍兰博士｜春田｜马萨诸塞－”，出自狄金森之手。见 *Poems* 1955, P1124; *Poems* 1998, P1185 (A)。

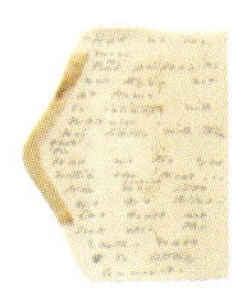

A 202，“若是我们有｜感官知觉”，约作于 1873 年[THJ; RWF]。铅笔诗稿，写在一张作废的信封的内页，信封上用墨水写着收信人的名字“E － M －皮斯－博士”(Dr – E – M – Pease)，出自拉维妮娅·狄金森之手。见 *Poems* 1955, P1284; *Poems* 1998, P1310 (A)。

A 232，“我没有任何｜生命除了这一个－”，约作于 1877 年[THJ; RWF]。铅笔诗稿，写在一张拆开的信封的内页，信封上用墨水写着收信人的名字“艾米莉·狄金森小姐｜由尊敬的威廉·奥斯汀·狄金森先生转交｜阿默斯特｜马萨诸塞”，出自 J. G. 霍兰之手。信封上贴着一枚三分钱的邮票，邮戳上印着时间和地点“纽约，纽约州，[1876 年？] 9 月 13 日下午 7 点”。见 *Poems* 1955, P1398n; *Poems* 1998, P1432 (A)。

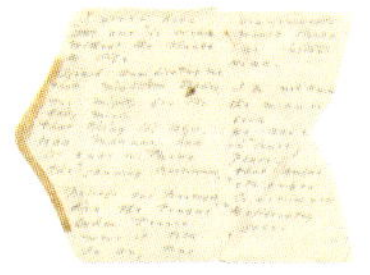

A 236，“没有一次｜我听到有人⁺死去”，约作于 1874 年[THJ; RWF]。铅笔诗稿，写在一张拆开的信封的内外两面，信封上用墨水写着收信人的名字“[字迹不清]夫人”，出自拉维妮娅·狄金森之手。见 *Poems* 1955, P1323; *Poems* 1998, P1325 (A)。

A 252，“在这短暂的一生”，约作于 1873 年[THJ; RWF]。铅笔诗稿，写在一枚撕下来的信舌的内页。见 *Poems* 1955, P1287; *Poems* 1998, P1292 (A)。

A 277，“多年的｜分别－｜造不成任何”，约作于 1876 年[THJ; RWF]。铅笔诗稿，写在一张拆开的信封的内外两面。信封上用墨水写着收信人的名字“维妮 · 狄金森小姐”，出自阿比盖尔 · 库珀之手。见 *Poems* 1955, P1383; *Poems* 1998, P1405 (A)。

A 278，“回望｜时间”，约作于 1879 年[THJ]；一说，约作于 1872 年[RWF]。铅笔诗稿，写在一片撕开的信封的内页，信封上用铅笔写着收信人的名字“小玛吉－”(Little Maggie –)，出自狄金森之手。见 *Poems* 1955, P1478; *Poems* 1998, P1251(A)。

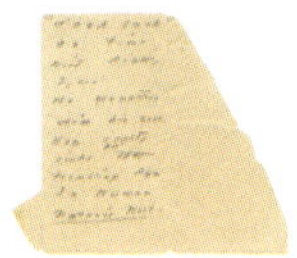

A 313 / 314。A 313，“我自己估｜算｜它们若是｜珍珠”，约作于 1874 年[THJ]；一说，约作于 1873 年[RWF]。“一滴落到｜苹果树上－”（“A Drop fell on the ｜ Apple Tree –”）的铅笔诗稿（片断）。见 *Poems* 1955, P794n；*Poems* 1998, P846 (C)；*RS* 1999–2010, n.p., A 313，见手稿影印件。A 314，“啊，宽宏大量－”，约作于 1874 年[THJ]；一说，约作于 1873 年 [RWF]。“‘记住我’ ｜盗贼恳求道！”（“‘Remember me’ ｜ implored the Thief!”）的铅笔诗稿（片断），见 *Poems* 1955, P794n；*Poems* 1998, P1208 (B)；*RS* 1999–2010, n.p., A 314，见手稿影印件。两个诗歌片断都写在一枚信封的内页，信封上用墨水写着收信人的名字“霍兰夫人－”，出自狄金森之手。

A 316，“啊，奢华的｜时刻”，约作于 1868 年[THJ]；一说，约作于 1870 年[RWF]。铅笔诗稿，写在一个拆开的信封的内页，横跨左右两面。信封上用墨水写着收信人的名字“海伦 · 亨特夫人”，出自狄金森之手。见 *Poems* 1955, P1125; *Poems* 1998, P1186 (A)。

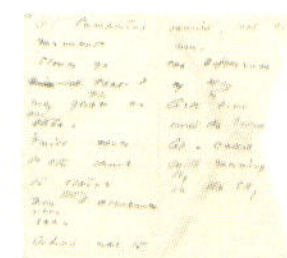

A 317，“在那｜特别的枕头上”，约作于 1881 年[THJ; RWF]。铅笔诗稿，写在一片剩余纸片（A 317）上以及一个作废的信封残片（A 317a）上，两个纸片起初被大头针订在一起。作废的信封残片上有两个邮戳：“伍斯特，马萨诸塞，1880 年 11 月 8 日”；“阿默斯特，马萨诸塞，1880 年 11 月 9 日”。见 *Poems* 1955, P1533; *Poems* 1998, P1554 (A)。

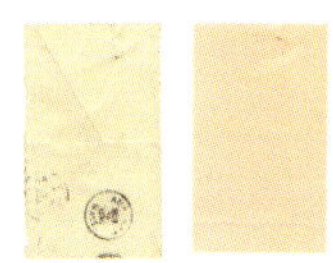

A 320，“一只鸟发出的｜一个音符”，约作于最后十年 [THJ]。铅笔诗稿片断，写在一片撕下来的信舌上。见 *Letters* 1958, PF97；*RS* 1999–2010, n. p., A 320，见手稿影印件。

A 324，“我们的小小｜秘密｜逃｜脱－”，约作于 1874 年[THJ; RWF]。铅笔诗稿，写在一张撕开的褐色邮包纸上，上贴有三枚邮票（一枚三分的，两枚两分的），邮戳难以辨认。见 *Poems* 1955, P1326; *Poems* 1998, P1318 (A)。

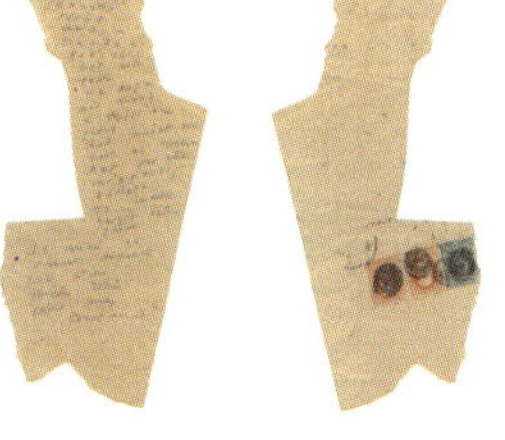

A 332，“没有任何生命｜离世而｜不沾浮华－”，约作于 1884 年[THJ]；一说，约作于 1882 年后期[RWF]。铅笔诗稿，写在一张邮件包裹用纸（？）的内外两面。见 *Poems* 1955, P1626n；*Poems* 1998, P1594 (A)；*RS* 1999–2010, n.p., A 339，见手稿影印件。

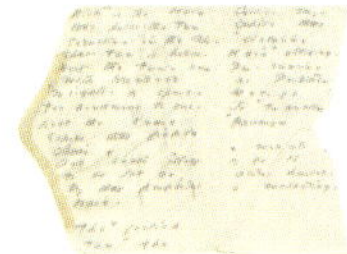

A 339，“冒险是｜悬着酒桶的头发”，约作于 1872 年[THJ; RWF]。铅笔诗稿，写在一张拆开的信封的内页，信封上用墨水写着收信人的姓名和地址“E.M. 皮斯博士｜春田｜马萨诸塞－”，出自拉维妮娅 · 狄金森之手。见 *Poems* 1955, P1239; *Poems* 1998, P1253(A)。

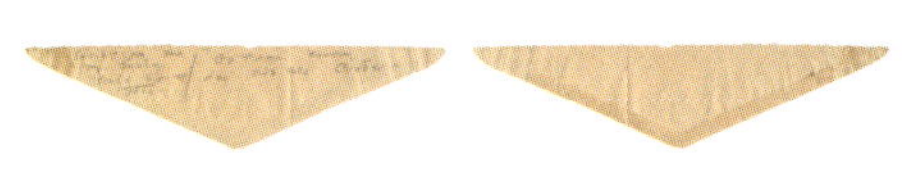

A 351 / 352。A 351，“社会对我而言｜即我的不幸”，约作于 1881 年[THJ]；一说，约作于 1871 年[RWF]。铅笔诗稿。见 *Poems* 1955, P1534；*Poems* 1998, P1195 (A)；*RS* 1999–2010, n. p., A 351，见手稿影印件。A 352，“或耸立的名声｜她的无地点的大本营－”，约作于 1881 年[THJ]；约作于 1871 年[RWF]。“轻轻地踏上｜这窄小的地点－”（“Step lightly on ｜ this narrow spot –”）的铅笔诗稿（片断）。见 *Poems* 1955, P1534n；*Letters* 1958, PF98；*Poems* 1998, P1227 (B)；*RS* 1999–2010, n. p., A 352，见手稿影印件。两段诗稿都写在一枚被撕下来的信舌上。

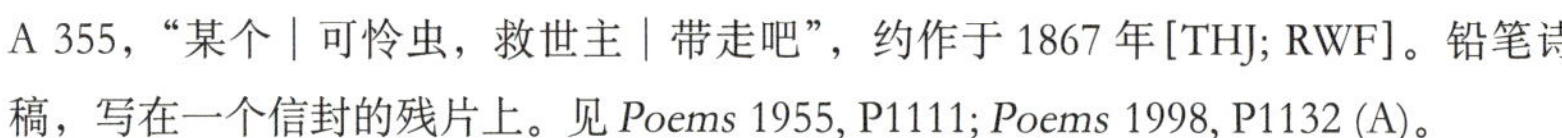

A 355，“某个｜可怜虫，救世主｜带走吧”，约作于 1867 年[THJ; RWF]。铅笔诗稿，写在一个信封的残片上。见 *Poems* 1955, P1111; *Poems* 1998, P1132 (A)。

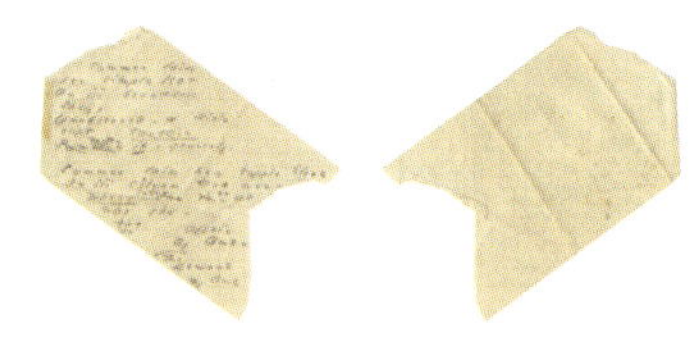

A 364，“夏天把｜她的便帽放”，约作于 1876 年 10 月[THJ; RWF]。铅笔诗稿，写在一个信封残片上，通栏横幅。信封的正面用墨水写着收信人的名字“狄金森先生和夫人”，写信人身份不明。见 *Poems* 1955, P1363n; *Poems* 1998, P1411 (A)。

A 367，“惊喜就像｜一种令人兴奋的－辛辣料－”，约作于 1874 年[THJ; RWF]。铅笔诗稿，写在一枚拆开的信封的内页，信封上用墨水写着收信人的名字“E. M. 皮斯博士”，出自拉维妮娅 · 狄金森之手。见 *Poems* 1955, P1306; *Poems* 1998, P1324 (A)。

A 391，“水沟｜是亲切的｜对醉汉而言”，约作于 1885 年[THJ; RWF]。铅笔诗稿，写在一枚信封的内页，信封上用墨水写着收信人的姓名和地址“弗兰克 · 吉尔伯特－尊贵的先生｜旺多姆酒店－｜波士顿－｜马萨诸塞－”。见 *Poems* 1955, P1645; *Poems* 1998, P1679 (A)。

A 394 / 394a。A 394，“我所知道的最漂亮的｜家”，约作于 1877 年[THJ; RWF]。铅笔诗稿。见 *Poems* 1955, P1423; *Poems* 1998, P1443 (A)。A 394a，“接受我胆怯的幸福吧－”，约作于 1877 年[THJ; RWF]。铅笔短笺，赠莎拉 · 塔克曼（Sarah Tuckerman），见 *Poems* 1955, P1423n; *Letters* 1958, L528n; *Poems* 1998, P1443n。这两个片断文本不一定属于同一个作品，均写在一枚信封残片的内外两面，信封上用墨水写着收信人的名字“维妮 · 狄金森小姐”，写信人身份不明。

A 416，“伞｜菌｜是植物的｜精灵－”，约作于 1874 年[THJ; RWF]。铅笔诗稿（不完整，只是五个诗节中的前两个诗节），写在一个拆开的黄色信封的内页，横跨全幅。见 *Poems* 1955, P1298n; *Poems* 1998, P1350 (B)。

A 438，“在风儿的强劲的｜双臂中间”，约作于 1866 年[THJ]；一说，约作于 1864 年[RWF]。铅笔诗稿，写在一枚拆开的信封的内外两面。信封上用墨水写着收信人的名字“艾米莉 · 狄金森小姐”，出自爱德华 · 狄金森之手。见 *Poems* 1955, P1103; *Poems* 1998, P802 (A)。

A 449，“人世间最浩大的日子”，约作于 1874 年[THJ; RWF]。铅笔诗稿，写在一片撕下来的信舌上。见 *Poems* 1955, P1328; *Poems* 1998, P1323 (A)。

A 450，“‘希望’｜建造他的房屋”，约作于 1879 年[THJ; RWF]。铅笔诗稿，写在一枚作废的信封的内页，信封上用墨水写着收信人的名字“爱德华 · 狄金森夫人｜及家人”，写信人身份不明。见 *Poems* 1955, P1481; *Poems* 1998, P1512 (A)。

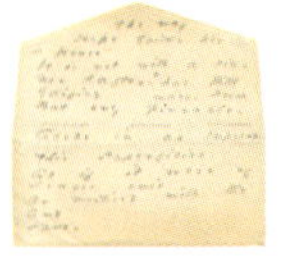

A 463，“从没有｜舰艇”，约作于 1873 年[THJ; RWF]。“从没有舰艇｜像一本书”（“There is no Frigate ｜ like a Book”）的铅笔诗稿（片断），写于一枚信封的残片，上有浮雕图案“三福公司，伍斯特，马萨诸塞”。见 *Poems* 1955, P1263n; *Poems* 1998, P1286 (A); *RS* 1999–2010, n.p., A 463，见手稿影印件。

A 464，“那场｜伯戈因战役－”，约作于 1870 年[THJ]；一说，约作于 1874 年[RWF]。铅笔诗稿，写在一张拆开的信封的内页，信封上用墨水写着收信人的姓名和地址“尊敬的爱德华 · 狄金森先生｜特里蒙特酒店｜波士顿｜马萨诸塞”，出自弗朗西丝 · 诺克罗斯之手。信封上盖有邮戳“康科德，马萨诸塞，2 月 23 日”，一枚三分钱邮票（1873 年再次发行）已被盖销。见 *Poems* 1955, P1174; *Poems* 1998, P1316 (A)。

A 479，“通过何种｜忍耐之｜狂喜”，约作于 1874 年[THJ]；一说，约作于 1872 年[RWF]。铅笔诗稿，写在一张信封残片的内页，信封上用墨水写着收信人的名字和地址“艾米莉 · 狄金森｜由尊敬的爱德华 · 狄金森先生转交｜阿默斯特｜马萨诸塞”，出自奥蒂斯 · 洛德法官之手。信封上有一枚三分钱邮票，盖有邮戳“萨勒姆，马萨诸塞，11 月 10 日”。见 *Poems* 1955, P1153；*OF* 1995, n.p., A 479，见手稿影印件；*Poems* 1998, P1265 (A)。

A 488，“她｜被嘲笑的家来了”，约作于 1883 年[THJ; RWF]。铅笔诗稿，写于一个邮件包装纸（？）的正反两面。见 *Poems* 1955, P1586n; *Poems* 1998, P1617 (A)。

A 496 / 497。A 496，“一直由你｜审讯｜和定罪”，约作于 1882 年[THJ; RWF]。铅笔诗稿。见 *Poems* 1955, P1559; *Poems* 1998, P1589 (A)。A 497，“他是否活在｜另一个世界”，约作于 1882 年[THJ; RWF]。铅笔诗稿。见 *Poems* 1955, P1557; *Poems* 1998, P1587 (A)。两份草稿写于一枚作废信封残片的正反两面。

A 499，“早在夏天｜离去之前”，约作于 1873 年[THJ; RWF]。铅笔诗稿，写在一枚拆开的信封的内页，信封上粘贴着收信人的姓名和地址“塞缪尔·鲍尔斯，春田，马萨诸塞”，剪自《春田共和报》。信封上曾贴有一枚邮票，在写上诗稿之前被切掉了。见 *Poems* 1955, P1276; *Poems* 1998, P1312 (A)。

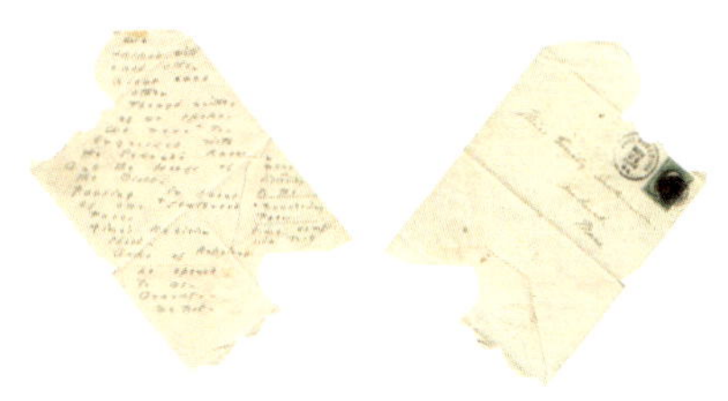

A 514，“我们｜彼此交谈｜关于彼此”，约作于 1879 年[THJ; RWF]。铅笔诗稿，写在一枚被拆开的信封的内页，横跨两面；信封上用墨水写着收件人的姓名和地址“艾米莉·狄金森小姐｜阿默斯特｜马萨诸塞”，写信人身份不明。上面有一枚三分钱邮票，邮戳上印着“费城，宾州，11 月 24 日上午 10 点”。见 *Poems* 1955, P1473n；*Poems* 1998, P1506 (A)；*RS* 1999–2010, n.p., A 514，见手稿影印件。

A 531，“没有一个微笑－｜没有一丝苦痛”，约作于 1874 年[THJ; RWF]。铅笔诗稿，写在一枚拆开的信封的内页，横跨两面；信封上用墨水写着收件人的名字“爱德华·狄金森先生和夫人”，写信人身份不明。见 *Poems* 1955, P1330; *Poems* 1998, P1340 (A)。

A 539 / 539a。A 539，“那些－最｜明智者｜解除－”，约作于最后十年[THJ]。铅笔文本片断。见 *Letters* 1958, PF122；*RS* 1999–2010, n.p., A 539，见手稿影印件。A 539a，“有那么一些｜浅薄之人”，约作于最后十年[THJ]。铅笔文本片断。见 *Letters* 1958, PF113；*RS* 1999–2010, n.p., A 539a，见手稿影印件。虽然约翰逊把这两个文本片断分开了，但几乎可以肯定它们属于同一个作品，写在一枚信舌残片的正反两面。

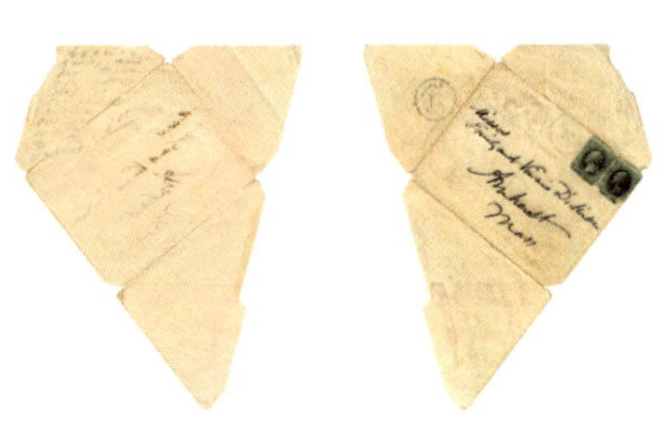

A 636 / 636a。A 636，“原谅｜艾米莉和｜她的原子”，约作于 1882 年 10 月[THJ; RWF]。铅笔短笺片断，写给苏珊·狄金森。见 *Letters* 1958, L774n；*RS* 1999–2010, n.p., A 636，见手稿影印件。A 636a，“一个奇｜迹为｜全体”，约作于 1882 年 [THJ; RWF]。铅笔手稿，短笺片断，与“没有任何生命｜离世而｜不沾浮华－”这首诗相关，见 *Letters* 1958, L774n；*Poems* 1998, P1594 (B)；*RS* 1999–2010, n.p., A 636a，见手稿影印件。这两个文本片断都写在一枚信封的正反两面，信封上有钢笔字迹，出自洛德法官之手：致“艾米莉和维妮·狄金森小姐｜阿默斯特｜马萨诸塞”。信封上有两枚三分钱邮票和两个邮戳：“萨勒姆，马萨诸塞，12 月 11 日”和“阿默斯特，马萨诸塞，12 月[具体日期难以辨认]”。

A 758 / 758a。A 758，“谢谢你｜知道我没”，约作于最后十年[THJ]。铅笔短笺片断。见 *Letters* 1958, PF46；*OF* 1995, n.p., A 758，见手稿影印件。A 758a，“跟你在一起｜是快乐的因为”，约作于最后十年[THJ]。铅笔短笺片断。见 *Letters* 1958, PF40；*OF* 1995, n.p., A 758a，见手稿影印件。这两则短笺片断虽然被约翰逊分开，但可能属于同一个作品，写于一枚信封残片的正反两面，信封上用墨水写着收信人的名字“狄[金森]小姐”，写信人身份不明。

A 821，“充塞其间｜唯有｜音乐，如｜鸟儿的｜车轮”，约作于 1885 年[THJ]。铅笔诗稿，写在一枚作废信封的内页（A 821），以及一片单独的信舌的残片（A 821a），两片纸起初用大头针订在一起。见 *Letters* 1958, L976n；*RS* 1999–2010, n.p., A 821/A 821a，见手稿影印件。

A 842，“正如在我们｜自己的心灵里”，约作于最后十年[THJ]。铅笔文本片断，写在一枚被分为两半的信封的内页，信封上用铅笔写着收信人的姓名和地址“奥蒂斯 · 洛德｜萨勒姆 –｜马萨诸塞 –”，出自狄金森之手。见 *Letters* 1958, PF21；*OF* 1995, n.p., A 842，见手稿影印件；*RS* 1999–2010, n.p., A 842，见手稿影印件。

A 843，“可是难道不是｜所有事实皆梦幻”，约作于最后十年[THJ]。铅笔文本片断，写在一枚信封的残片上。见 *Letters* 1958, PF22；*OF* 1995, n.p., A 843，见手稿影印件；*RS* 1999–2010, n.p., A 843，见手稿影印件。

A 844，“难道不应该｜让抄写员”，约作于最后十年[THJ]。铅笔文本片断，写在一枚信封的残片上。见 *Letters* 1958, PF23；*RS* 1999–2010, n.p., A 844，见手稿影印件。

A 857 / 857a，“我只见过｜杰克逊夫人” / “特洛伊的海伦｜会死去，但是”，约作于 1885 年［THJ］。铅笔短笺草稿，写于两张邮件包装纸（？）上。见 *Letters* 1958, L1015。

A 865，“不要被约翰 · 奥尔登派去｜当差”，约作于最后十年[THJ]。铅笔文本片断，写在一枚信封被撕下的一角残片上，上面很可能有水印：FAWN。见 *Letters* 1958, PF93；*RS* 1999–2010, n.p., A 865，见手稿影印件。

H B 3 (Ms Am 118.5 [B3])，“永恒会｜是”，约作于 1874 年[THJ]；一说，约作于 1875 年[RWF]。“每一天都有两种长度 –”（“Two Lengths ｜ has every Day –”）的铅笔诗稿（片断），写在一枚撕下来的信舌上。见 *Poems* 1955, P1295; *Poems* 1998, P1354 (A)。

842

As there are
Apartments in our
own minds that -
which
we never enter
without Apology -
we should respect
the seals of
others -

# 致 谢

1876 年，狄金森给她的朋友塞缪尔 · 鲍尔斯写道：“对于你高雅的动作，不会有什么致谢，不过是恩惠给予的羞辱。”（L 465）然而，本书的出版得益于多位同仁的勤勉工作和艺术眼光，向各位致敬是我们的喜悦。

这个项目要求我们日复一日浸泡在狄金森手稿档案馆。这里复制的绝大多数手稿都储存在阿默斯特学院图书馆。我们衷心感谢阿默斯特学院弗洛斯特图书馆特藏部主任迈克 · 凯利（Mike Kelly）和馆员玛格丽特 · 戴金，感谢他们对本项目的支持。他们在狄金森文献领域具有渊博深厚的学识，同时以慷慨的气度将档案资料向所有人开放，二者可谓相得益彰。我们也感谢哈佛大学霍顿图书馆现代图书和手稿馆馆长莱斯利 · 莫里斯（Leslie Morris），她帮助我们检索相关文献并允许我们无限制地进入霍顿狄金森馆。我们感谢所有馆长的恩惠，准许我们分享这部作品。

我们得以复制狄金森手稿图片，承蒙各家善意支持：阿默斯特学院图书馆特藏部、哈佛大学霍顿图书馆、哈佛大学出版社。哈佛学院院长和研究员声明自己独家享有狄金森文本的拥有权以及文献出版权。我们向哈佛大学出版社致谢，授权本书使用以下出版物中的材料：约翰逊编《狄金森诗集》（1955）和富兰克林编《狄金森诗集》（1998），以及约翰逊编《狄金森书信集》（1958）。

本书中的少量手稿图片曾散见于早期的狄金森诗文集（特别是以下几种：Martha Dickinson Bianchi's *The Single Hound* [1914] and *Emily Dickinson Face to Face* [1932], Mabel Loomis Todd and Millicent Todd Bingham's *Bolts of Melody* [1945], and Millicent Todd Bingham's *Emily Dickinson: A Revelation* [1954]），不过，直到 20 世纪和 21 世纪，狄金森信封写作中的大部分手稿才开始以影印件的形式面世：本书收入的 5 份手稿（A 193 / 194; A 479; A 758; A 842; A 843）曾见于 *Emily Dickinson's Open Folios* (1995)；14 份手稿（A 313 / 314; A 320; A 332; A 339; A 351 / 352; A 463; A 514; A 539;

A 636; A 821; A 842; A 843, A 842, A 865）曾见于《极端零散：艾米莉 · 狄金森后期手稿片断和相关文本电子档案（1870—1886）》。感谢密歇根大学出版社和内布拉斯加大学（林肯）人文数字研究中心慷慨允许我们在本书中出版这些图片。本书收入的唯一一件收藏于霍顿图书馆的手稿 H B 3 以及 A 416 的手稿影印件，曾见于富兰克林编《狄金森诗集》异文汇编三卷本前言，感谢哈佛大学出版社授权再版这两幅彩色图片。

《绚烂的空无》的第一个化身曾作为艺术家图书于 2012 年在格拉纳里图书（Granary Books）出版过一个仅印了 60 册的版本。出版家史蒂夫 · 克莱（Steve Clay）曾对这个项目和其他作品给予早期支持，并因此成为我们的第一个合作伙伴。若是没有格拉纳里图书的独一无二的使命感和多位图书馆员、馆长、收藏家的支持和赏识，这个作品将止步于设想。

新方向出版社的克里斯蒂娜 · 伯金（Christine Burgin）和芭芭拉 · 埃普勒（Barbara Epler）成为我们的第二批合作伙伴，他们为《绚烂的空无》再造新生。为了这个普通版化身，我们特别感谢劳拉 · 林格伦（Laura Lindgren），她朴素而严谨的页面设计与狄金森的晚期美学风格如此契合；同时感谢杰森 · 伯奇（Jason Burch）机智而耐心地设计了手稿的转写图案。我们还要感谢他和杰西卡 · 埃尔萨瑟（Jessica Elsaesser）如此细心地准备图片文件，让狄金森手稿以最佳的视觉效果得以呈现；感谢克劳迪娅 · 马基（Claudia Markey）对研究细节追根究底；也感谢海伦 · 格雷夫斯（Helen Graves），我们的文字编辑。

《绚烂的空无》还有另一部创生史。本书中的文章《逃脱路线》的第一部分，关于狄金森那件用大头针订起来的档案材料的一个“异文”，曾以《A 821 的多种飞翔：一首鸟歌的议程的解档案化》（“The Flights of A 821: De-Archivizing the Proceedings of a Birdsong”）为题发表于《声音、文本、超文本：浮出地表的文本研究实践》（*Voice, Text, Hypertext: Emerging Practices in Textual Studies,* eds. Raimonda Modiano, Leroy F. Searle, and Peter Shillingsburg [Seattle: The University of Washington Press, 2004]）。文章的最后部分集中于《极端零散》，这个档案库于 1999 年由密歇根大学出版社首次出版，十年后由内布拉斯加大学（林肯）人文数字研究中心出版，目前由凯瑟琳 · L. 沃尔特（Katherine L. Walter）和肯尼思 · M. 普赖斯（Kenneth M. Price）共同主持。

我们感谢这些远程的但同等重要的合作伙伴做出的贡献。

在《绚烂的空无》尘埃落定之前，有多位同仁曾一路相伴并提供帮助。我们感谢各位组织者邀请我们在现场介绍项目进展和材料："诗人之家"（Poets House）的执行总监李·布里切蒂（Lee Bricetti）和项目总监斯蒂芬·莫蒂卡（Stephen Motika）；哈佛大学"伍德伯里诗人屋"（Woodberry Poetry Room）的主持人克里斯蒂娜·戴维斯（Christina Davis）；狄金森博物馆的执行馆长简·H. 沃尔德（Jane H. Wald）以及讲解和项目部主管辛迪·迪金森（Cindy Dickinson）；米里亚姆（Miriam）的馆员瑞恩·黑利（Ryan Haley）；纽约公共图书馆的艺术、印刷和摄影分馆的艾拉·D. 沃勒克（Ira D. Wallach）；贾斯特·布法罗文学中心的艺术总监芭芭拉·科尔（Barbara Cole）；同时感谢参与活动的现场听众提供的细心的反馈和批评。感谢唐纳德·奥雷斯曼和帕特里夏·奥雷斯曼（Donald and Patricia Oresman）于 2012 年提供在"诗人之家"展览他们的狄金森手稿的机会，也感谢策展人克莱尔·吉尔曼（Claire Gilman）于 2013 年在"美术中心"（The Drawing Center）组织艾米莉·狄金森和罗伯特·瓦尔泽（Robert Walser）手稿展。

多位同事、朋友、艺术家和策展人曾以陪伴、交谈和各种工作方式鼓励我们坚持做下去并做到更好。我们特此向以下各位表达谢意：查尔斯·伯恩斯坦（Charles Bernstein）、伊丽莎白·威利斯（Elizabeth Willis）、史蒂文·琼斯（Steven Jones）、彼得·希林斯伯格（Peter Shillingsburg）、玛莎·内尔·史密斯（Martha Nell Smith）、莫娜·莫迪亚诺（Mona Modiano）、韦恩·斯托雷（Wayne Storey）、罗伯特·沃特豪斯（Robert Waterhouse）、克里斯廷·古蒂亚（Cristian Gurtia）、斯蒂芬妮·桑德勒（Stephanie Sandler）、杰娜·奥斯曼（Jena Osman）、布赖恩·特尔（Brian Teare）、南希·库尔（Nancy Kuhl）、科尔·斯文森（Cole Swensen）、蕾切尔·伯斯（Rachel Bers）、凯伦·埃默里赫（Karen Emmerich）、洛根·埃斯代尔（Logan Esdale）、乔迪·格拉丁（Jody Gladding）、南希·艾默斯（Nancy Eimers）、玛丽·鲁夫勒（Mary Ruefle）、海伦·米拉（Helen Mirra）、茱莉娅·菲什（Julia Fish）、伊丽莎白·祖巴（Elizabeth Zuba）、夏洛特·拉加尔德（Charlotte Lagarde）。

最后，当我们在狄金森档案馆埋头工作之时，我们有时想象有一只看不见的手在指引着我们的手，筛选材料，把一个或另一个举起来，对着光线细看。那只手属于苏珊·豪，她在狄金森手稿中的原创性发现激发了后来者的进一步试探。她如此巧妙地把历史追索和诗学凝思熔于一炉，让狄金森学术的风景焕然一新，这一切让我们受益良多，负债深重："人生甜蜜的债－夜夜欠下／无力偿还－每个正午"（"诗笺"第15册，MB1, 315，F426）。

# 译后记

王柏华

狄金森生前或许从未想过她在创作一种被称作“信封诗”的诗，甚至从未想过“信封诗”（envelope poems）这个词，其实在本书英文版封面的书名里，也没有出现“信封诗”的字样；正如编者沃纳在一次访谈中所言，“信封诗”只是一个方便的简称，而她宁愿称之为“信封之作”（envelope writings），或者更准确地说，“信封上的书写”（writings on envelopes）。“书写”（writings），无论英文还是中文，既指写字或写作，也指字迹、笔迹、作品等，而书写当然离不开必需的书写工具和材料，如笔墨纸张。

狄金森这批写在废旧信封上的手稿首先引发了物质文化研究方面的兴趣。现代公共邮政系统于 19 世纪中期刚刚在美国成为现实：写信人把写好的书信放入事先买好的信封上，贴上事先买好的邮票（二者皆为工业制品），送交邮局或投入街头邮筒，等待邮递员和邮政马车运送到收信人手中。虽然信封古已有之，但在公共邮政系统中流通的信封，作为一种信息媒介，当时仍是一件新事物。而把信封当作一种纸张，也就是写诗的物质材料，不论在当时还是现在，都是一种偶然的、个别的而非普遍的事件或实践。狄金森把 52 个文本片断或草稿写在事先从旧信封上剪裁下来的纸片上，而这些杂七杂八、形状各异的旧信封纸片居然得以幸存，无论从其书写年代还是数量上看，这些文本物质档案都具有突出的历史价值。

然而，这一切对于诗歌文本的内在价值而言是否重要？这些“信封上的书写”原本混杂于大量零散的狄金森手稿档案（总计 3507 件）之中，现在由两位编者挑选出来，作为一种相对独立的类别编为一册，俨然成为一个子集或别集。这未免令人怀疑，它会不会只是一种新的研究热点创造出来的概念，只是一种赋魅冲动的产物？虽然“信封诗”让狄金森的读者感到兴奋好奇，但会不会让狄金森本人也感到吃惊呢？

这些正是我最初听闻狄金森的“信封诗”时冒出来的一连串疑问。本书英文版出版于 2013 年，当时我正在芝加哥访学，同时忙于翻译一部狄金森传记，并初步尝试进行研究工作。我内心隐隐地认定，这个概念未免小题大做了：诗歌的真正价值难道不是那超越了一切物质载体的诗歌本身，反而是那具体的物质载体吗？正如沃纳在《逃脱路线：狄金森的信封诗》中所言，狄金森的晚期诗作大多写于“凑合的、易碎的载体上”，它们似乎具有“超脱于一切文本之外的生存能力，这样或那样的文本不过是其暂时的寄寓之所而已”。可是，当一位朋友和同事把《绚烂的空无》放到我手上时，我顿时被书中的一幅幅信封图片震撼了。

随着阅读和研究的深入，我开始思考更多的问题：狄金森对她的书写材料是否有强烈的自觉意识？她对保存和出版自己的创作究竟有何打算？这批“信封上的书写”是否与信封的实用功能所负载的象征意义（既是私密的又是流通的）相关？她把信封裁剪或拆分成形状各异的纸张，以便随手写诗，是否有意借用信封纸张的视觉特征彰显诗歌的内在意义？无论如何，“信封诗”的概念大大敞开了狄金森的写作场景，并促使我们重新思考抒情诗的边界和圆周。

正如后现代杰出诗人苏珊·豪所言，阅读狄金森的信封诗就是“在滑动的纸片上滑动”，即使中译本不得不使那些原本零散错落的诗行归顺于排版需要（这是一个令译者感到尴尬和无奈的选择），读者仍可以任由自己在页面的不同区域之间来回滑动，因为这部《绚烂的空无》提供了无数“滑动的纸片”，包括信封原图的页面（正面和背面）、编者的转写，以及各类索引，借助这些彼此照亮的小径，每个读者都可以重新想象狄金森的“写作之面”，激活你自己的“阅读之景”。

本书的编者沃纳曾于 2014 年应邀参与“狄金森合作翻译项目”（《栖居于可能性：艾米莉·狄金森诗歌读本》于 2017 年出版），与周琰女士合作，由周琰主笔，先期翻译和阐释了狄金森信封诗 11 首，她们的工作为本书提供了有益借鉴，特此感谢。沃纳教授多年来致力于狄金森手稿研究，思维敏锐，视角独到，在学界颇受瞩目。近三年来我们共同参与艾米莉·狄金森国际学会（EDIS）理事会和评奖委员会工作，与她的多次交流让我所获甚多。感谢她多次抽时间愉快解答我的各种提问并对中译本的排版设计表示赞赏和理解。

特别的感谢献给本书的编辑曹媛和田晨，她们从始至终如此耐心细致，并纵容我反复修改，令我内心感恩不尽。尽管我和编辑、设计师对文字内容和各项排版细节反复推敲核对，但错误和疏漏在所难免，恳请读者不吝赐教。

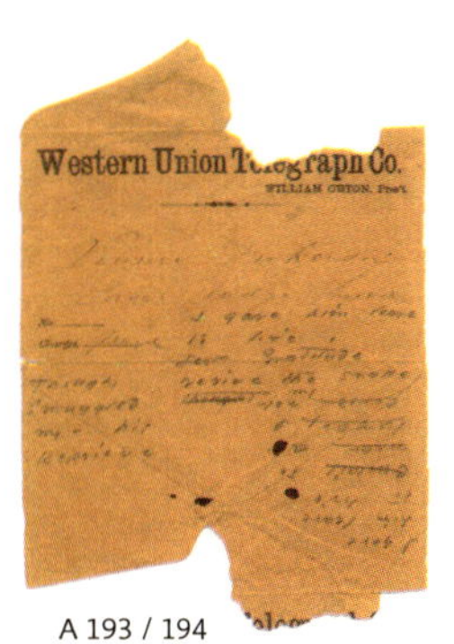


A 193 / 194

A 165

A 145 / 146

A 140

A 139

A 317

A 316

A 313 / 314

A 278

A 277

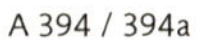

A 394 / 394a

A 391

A 367

A 364

A 355

A 499

A 496 / 497

A 488

A 479

A 464

H B 3

A 865

A 857

A 844

A 843

A 842

A 821

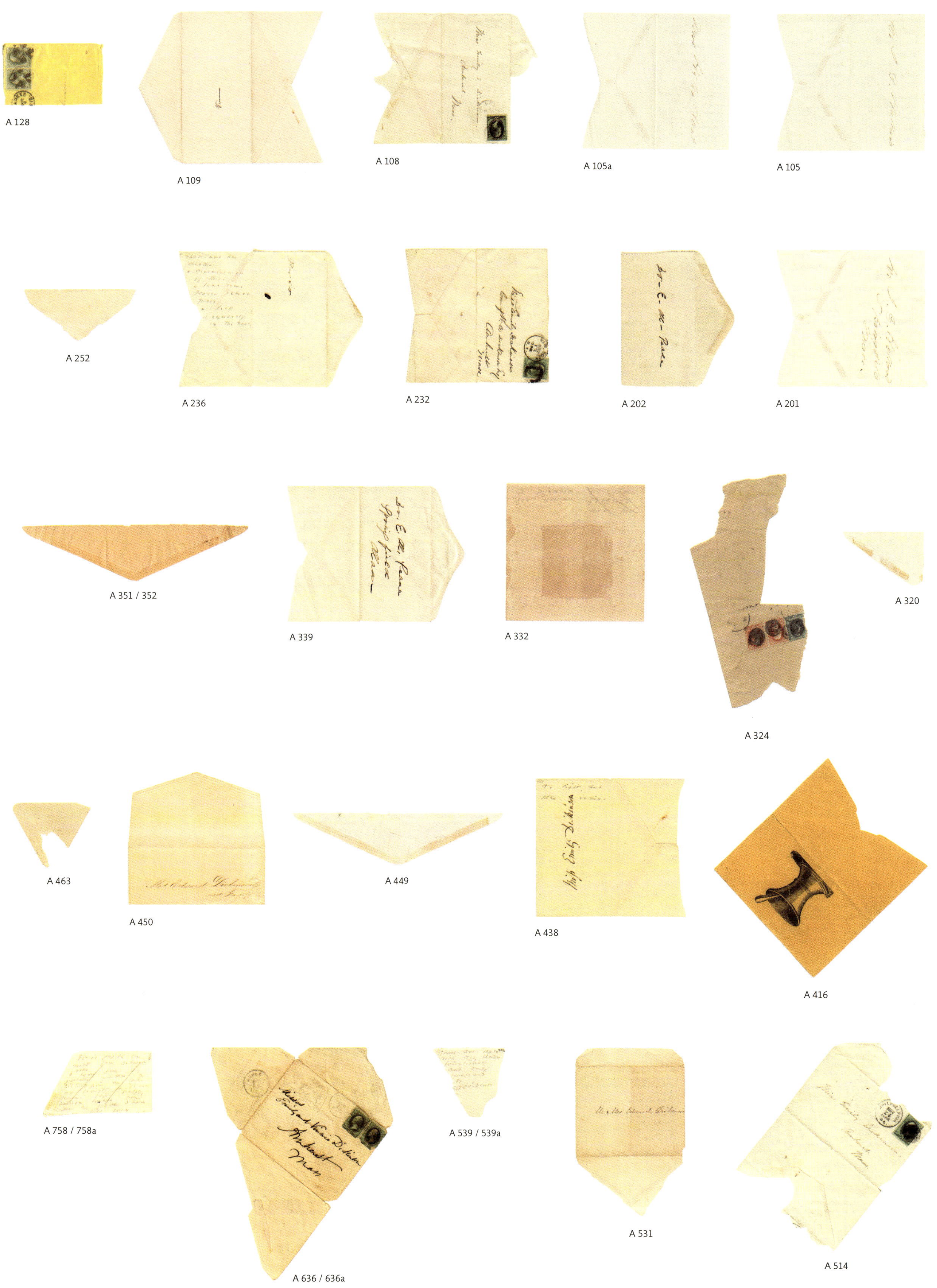

A 128 A 109 A 108 A 105a A 105

A 252 A 236 A 232 A 202 A 201

A 351 / 352 A 339 A 332 A 324 A 320

A 463 A 450 A 449 A 438 A 416

A 758 / 758a A 636 / 636a A 539 / 539a A 531 A 514